호두나무 마당

● 류미연 단편소설집

호두나무
마당

실천문학

차례

스치는 것들

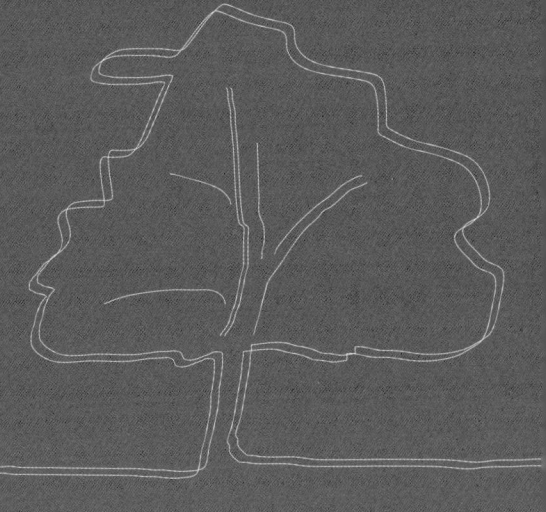

스치는 것들

나의 기도는 길다. 식사를 대할 때는 더 그렇다. 먹을 것 앞에서 서두르지 않는 것은 오래된 습관이다. 늘 허기졌던 내게 절제와 참을성은 신의 응답이었다. 한 알의 알곡이 내게 오기까지의 은혜로움을 명상한다. 명상이 깊을수록 의식은 맑아진다.

　눈을 뜬다. 눈앞에 놓인 밥그릇의 무게와 신이 내린 은총의 무게가 같음에 성호를 긋는다. 이마와 양어깨를 천천히 짚어내며 다시 손을 모은다. 한 그릇의 양식이 종일의 기도를 위해 쓰임을 믿으며 밥을 씹는다. 씹을수록 달다. 입안 가득 단맛이 충만하다. 그릇에 붙은 마지막 밥풀을 떼어 먹는다.

　음식 창에 그릇을 내고 묵상한다. 신이 겪었던 고난과 말씀의 깊이를 깨닫는 순간 영혼은 죽음처럼 차갑다. 그의 곁으로 한 발다가가는 순간이다. 죽음만이 오롯이 신의 손을 잡게 할 것이다. 무릎을 꿇은 채 엎드려 신을 영접한다. 눈물과 콧물이 흐르고 통곡이 새어 나올 때 대천사 미카엘의 날개가 어깨를 감싼다. 따뜻하다. 나약한 믿음을 반성하고 반성했다. 그 끝에 어머니가 있다. 원장 수사修士로부터 어머니의 방문을 전달받은 시간부터 스스로가 흔들림이 있는지를 살펴왔다. 토비트 기도 3장을 읊으며 비로소 어머니를 의식으로 올려놓는다. 접견실에서 기다릴 어머니를 위한 기도를 잊지 않는다.

반짇고리를 꺼내고 양말을 벗었다. 구멍 난 양말에 천을 덧대어 꿰맨다. 실을 뀐 은빛 바늘 끝이 정확하게 통과하도록 팔을 움직였다. 폭 넓은 소매가 내는 소리가 방을 채우고, 좁은 창으로 들어오는 햇살이 부드럽다. 꿰맨 양말을 신고 서두름 없이 방문을 열었다.

나는 몸을 일으켜 머리를 몇 번이나 쓸어 올렸다. 머릿속은 우물 같은 차가움이 고이고, 소름이 돋아 어깨를 소스라치게 떨었다. 안다. 이 순간, 신이 나의 영혼을 온전히 받아 안았다는 것을. 늘 그랬던 것처럼 찬물을 몸에 끼얹는 것으로 하루를 시작한다. 무복으로 단장했다. 굿이 있거나 특별한 기도를 해야 할 때가 아니면 손대지 않는 것이었다. 팔을 끼거나 옷고름을 매며 양단의 사각거림에 집중한다. 신당의 초를 간다. 밤새 밝힌 초가 촛농

속에서 가물거렸다. 촛농이 동으로 기울었다. 오늘은 동쪽이 길하다. 대나무를 뽑아 흔들었다. 역시 동으로 간다. 아이가 있다는 수도원이 내가 있는 곳에선 동쪽이니 마음이 놓였다. 휘파람을 불어 초혼을 했다.

"신장님, 열두 대신님, 오늘은 아들이 있다는 곳에 갈라 캅니더. 두 손 모아 비오니 길을 터 주이소."

대나무가 힘차게 흔들리고 신단에 있는 방울이 집힌다. 열 개의 방울 소리가 힘 있게 울렸다. 들린다. 힘찬 날갯짓 소리. 시야 가득 새들이 날아오른다. 방울 소리를 실은 새들이 하늘까지 닿는다. 까마득히 날아오르는 새들이 확신을 준다. 신의 뜻임을 알아차린다. 오늘의 만남은 순조로울 것이다.

둥지 보육원 원장은 버스를 두세 번 갈아타고 한 시간은 족히 걸어야 한다 했다. 그렇게 해서라도 한 번만 볼 수 있으면 되는 거였다. 정거장을 놓칠까 봐 몇 번이나 운전기사에게 되물었다. 알려 줄 테니 걱정 말라고 했지만 세 정거장 남았다는 얘길 들으면서는 좌석에 걸터앉아 내릴 준비를 했다. 많은 것들을 놓아 버린 세월이었다. 내려야 할 정거장만큼은 챙겨야 되는 거였다. 아들과 헤어지며 나누어 가졌던 가락지를 만지작거렸다. 천수경이 읊어졌다.

보육원 원장은 뭘 가져가도 소용없다고 했다. 생각 끝에 아들이 좋아했던 땅콩을 볶았다. 식성이 변하지 않았다면 좋아할 것이다. 아몬드와 몇 가지 견과류를 곁들여 챙겨 넣었다. 빈손으로 가라니. 그건 아니었다.

버스에서 내리자 건너편 숲 입구에 수도원 안내 표지판이 있었다. 갈색 바탕에 녹색으로 써진 글자 아래 영어 안내가 함께 있다. 글자를 천천히 쓰다듬었다. 나이테의 느낌이 손끝으로 전해졌다.

길이 있을 성 싶지 않을 만큼 초입은 좁았다. 바쁜 걸음을 옮겼다. 이슬에 발목이 젖는 건 오래전의 일이었다. 어릴 적이거나 새댁이었을 때거나. 아마 그쯤일 것이다. 나쁘지 않았다.

'이래 좁은 길 끝에 아들이 있단 말이재. 이 좁은 길에 누가 오겠노.'

불만인지 안타까움인지 모를 한숨이 새어 나왔다.

"마하반야바라밀다 관자재보살 행심반야바라밀다시 조견오온개공도 일체고액 사리자 색불이공 공불이색 색즉시공...... 불구부정 부증불......감......공중무색......바라밀다......."

습관처럼 외던 반야심경이 잦아들고, 자박자박 내딛는 발자국 소리에 집중했다. 발자국 소리. 멀어져 가며 가슴 저미던 발자국 소리가 오늘은 다가가고 있다. 숲속으로 들어간다고 생각했는데 오히려 길은 넓어졌다. 저쪽에서 보면 여기가 깊은 숲처럼 보일 것 같았다. 뱀이 천천히 길을 가로지르고 있었다. 보폭을 크게 하고 소리 나지 않게 넘었다. 뒤돌아보니 꼬리만 살짝 보였다.

손을 모으고 산신께 읍했다.

머리 위에서 들리는 새들의 요란한 지저귐에 멈추어 섰다. 들어보지 못한 소리였다. 하늘을 봤지만 새들은 보이지 않았고, 짙어가는 녹음 사이로 보이는 하늘이 그려 놓은 듯 선명했다. 겹쳐지며 농도를 달리하는 녹색의 잎들은 언제 보아도 좋았다. 길 끝 둔덕 위에 낮은 지붕의 건물이 수도원인 것 같았다.

남자가 밭을 매고 있다. 일을 하기엔 도포 같은 소맷자락이 거추장스러워 보였지만 개의치 않고 쇠스랑으로 흙을 일구고 있다. 숱 적은 머리카락이 젖어 이마에 달라붙어 있다. 얼굴은 열기로 가득하다. 말부터 건네려다 가까이 가면 인기척이 느껴지겠지, 그러면 돌아볼 것 같아서 좀 더 다가갔다. 헛기침을 해 봤지만 그는 머리 한 번 들지 않는다. 흙 속에 있는 지렁이나 굼벵이, 작은 벌레까지 세세히 살피는 것처럼 보인다. 말을 건네는 것이 방해를 하는 것 같아 망설였다. 하지만 달리 방법이 없다는 생각이 들었고, 아들의 이름을 대며 혹시 아는지를 물었다. 그가 말한다.

"야고보 수사님을 찾아 오셨군요."

'야고보, 야고보, 야고보……'

잊지 않으려고 몇 번이나 마음으로 불렀다. 만나면 야고보라고 불러야 하나.

나는 회랑을 걸으며 그날의 발자국 소리를 추억했다. 서쪽 회랑을 돌아 남쪽 회랑이 끝나는 곳에 접견실이 있다. 딛을 때마다 발에 감기는 수도복의 느낌이 세세하다. 회랑의 난간을 잡고 언덕을 덮은 찔레꽃을 봤다.

찔레를 보면 어머니 생각이 난다. 우리는 자주 뒷산을 올랐다. 뒤꼍 낮은 담장만 넘으면 산길로 접어들 수 있었다. 지금쯤 옛집 뒷산에도 찔레가 흐드러질 것이다. 밤에도 보이는 하얀 꽃잎은 왠지 위로가 되곤 했다. 어머니는 무서워하는 나를 달래며 찔레꽃을 퍽도 많이 따 줬다. 먼저 딴 꽃을 내 코에 들이대곤 맡아봐 향이 정말 달어, 라고 하면 나는 밤공기와 함께 힘껏 들이마셨다. 그래야 깊은 한숨을 뱉어낼 수 있으니까. 어머니는 꽃을 따 소복이 쌓아 놓고 꽃점을 치곤했다. 꽃잎을 하나씩 떼어 내며 잔다, 안 잔다 하며 시간을 보냈다. 나는 그게 무슨 말인지 대번에 알아들었다. 아버지가 잠들어야 집에 갈 수 있었으니까. 꽃잎이 다섯 개여서 두 송이면 '안 잔다'가 나왔지만 어머니는 딴 꽃잎이 소복이 쌓일 때까지 반복했고, 나는 그 소리가 자장가라도 되는 것 마냥 꾸벅꾸벅 졸았다.

어머니가 낮은 소리로 깨우면 어느새 내 어깨엔 어머니의 낡은 스웨터가 걸쳐져 있었다. 눈감고도 오갈 수 있는 길을 걸으며 어머니와 잡은 손에 힘이 주어졌다. 세상의 모든 술 공장을 다 태워버리겠다는 다짐이었다. 어머니는 아버지가 아직 안 자면 다시 산에 가자고 했다. 이번엔 이불을 가져가면 된다고. 뒤 곁 큰 장독 안에 이불을 넣어 놨으니 걱정 말라고.

하지만 그날은 산으로 가지 않았다. 반바지에 슬리퍼 차림의 어머니를 굳이 마을을 벗어나는 길로 끌었다. 어머니는 세상의 모든 것을 잃은 사람처럼 내가 이끄는 대로 따라왔다.

"엄마, 이젠 가고 싶은 길을 가. 다시는 돌아오지 마. 돌아보지 도 마."

울지 않았다. 광기의 밤들로부터 벗어나고 싶었다. 술 공장을 태우는 일보다 앞서 해야 할 일이었다.

어머니의 왼쪽 어깨에 얼룩이 보였다. 귀에서 흐른 피였다. 깡 동한 윗머리의 모습이 기이했다. 가위를 들고 달려들 때 무릎을 꿇고 아버지의 다리를 붙들었다. 잘못했습니다. 무엇을 잘못했 는지 알 수는 없었지만 무조건 빌었다. 나를 힘주어 뿌리친 아버 지가 서서히 엄마 곁으로 갈 때 터질 것처럼 뛰던 심장이 멎는 줄 알았다. 공벌레처럼 움츠린 어머니의 머리카락을 한 움큼씩 잡곤 싹둑싹둑 잘라버렸다. 아들 덕에 산 줄 알어, 라며 나를 보 던 아버지의 눈은 사람의 그것 같지가 않았다.

어머니가 떠나야 한다면 함께 가자며 달랬지만 아버지 곁으 로 돌아가야 한다고 했다. 어머니의 간절한 시선을 결코 외면하 지 않았다. 눈을 동그랗게 뜨고는 혼자 둘 순 없다고 하며 버텼 다. 거짓말이었다. 이 시간을 오래 잊지 못했다. 사제의 길을 선택했을 때 비로소 이 거짓말을 신께 맡겼다. 어머니가 지닌 유일한 장신구 쌍반지 하나를 빼서 쥐여 줬다. 어머니의 체온이 동그랗게 손에 담겼다.

우리는 마을 입구 다리 위에서 헤어졌다. 어머니가 준 반지를 힘주어 손에 쥔 채였다. 점점 멀어지던 어머니의 슬리퍼 끄는 소리. 그 소리가 들리지 않았을 때 몰려오던 상실감은 곧 두려움으로 바뀌었다. 어머니가 가던 방향을 향해 뛰어가 보기도 하다가 힘없이 돌아서 걸을 때의 발자국 소리. 귓속이 먹먹할 만큼 고요했던 사위. 산으로부터 내려온 안개가 마을을 덮어 희뿌연 길을 터벅터벅 걷던.

어머니가 걷는 쪽에서 개 짖는 소리가 들리면 거기쯤 엄마가 지나가고 있겠구나 싶었다. 걸음은 멈추어졌고, 조용해지면 다시 걸었다.

왼손을 폈다. 손바닥 위에 동그라미를 그렸다. 반지는 보육원에서 잃어버렸다. 그 후 어머니가 생각나면 습관처럼 그랬다. 반지의 느낌이 사라지는 게 아쉬워 주먹을 꼭 쥐곤 했었다. 이 손은 오늘부터 어머니의 체온을 기억하겠지.

나는 접견실의 문을 열며 혹여 아들이 먼저 와 있는 건 아닐까 기대했다. 하지만 높은 곳에서 조용히 내려다보는 십자고상만 있을 뿐이다. 그리 넓지도 좁지도 않은 공간엔 원목으로 된 널찍

하고 긴 테이블이 놓였고, 같은 키의 의자 여덟 개가 마주 보고 있다.

테이블 위에는 아기천사 셋이 받들고 있는 촛대 위에 노란색 초가 꽂혀 있었다. 출입문을 등지고 오른쪽 끝 의자를 빼서 앉았다. 돌아보는 것이 좋을 것 같았다. 문을 여는 소리에 웃음을 준비할 것이고 돌아서며 환한 얼굴로 맞으리라. 어떻게 달라졌더라도 대번 알아볼 것이다. 안아볼 수 있을까. 스님을 함부로 안을 수 없는 것처럼 아들도 그럴지 모른다.

생각보다 기다리는 시간이 길어진다. 견과가 든 배낭을 만지작거리다 어쩔 수 없이 바깥을 본다. 걸어온 길가에 찔레가 만개했다. 올 때는 왜 못 봤을까 싶다. 아들을 달래며 땄던 수많은 꽃잎들, 하얀 꽃무덤이 생각났다.

아들은 두 손 가득 하얀 꽃잎을 담아 코앞에 들이대며 퉁퉁 부은 눈을 들여다보곤 했다. 나는 아들의 눈을 마주하지 못했다. 그것이 부끄러움인지 아픔인지 모르겠다. 맡아 봐 달어. 내가 한 말을 아들이 돌려주면 아들보다 더 크게 숨을 들이쉰 후, 하며 꽃잎을 날렸다. 어둠 속에서도 하얀 꽃잎이 날려 떨어지는 모습이 보였다. 아이 앞에서 흘렸던 눈물을, 무서움에 떨던 부끄러운 순간들. 부뚜막 도마 뒤에 숨겨 놨던 무쇠 칼이 생각났던 그때를 제발 묻어 버리고 싶었다.

그날 아들은 나를 놓아주었다. 묻어 버리지 못한 것들을 아들은 버리게 했다. 열한 살, 고 어린것이, 아직 엄마가 있어야 할 나이에 엄마를 떼어 냈던 아이였다.

둥지 보육원 원장은 아이가 말이 없었다고 했다. 규칙을 잘 지켰고, 책 읽기를 좋아했고 조용했지만 기도는 길었던 아이로 기억한다고 했다. 고학년이 되면서는 동생들을 앉혀 놓고 숙제를 봐주거나 책을 자주 읽어 주곤 해서 믿음직스러웠다고도 했다. 그 아이가 신학 대학을 간 건 지극히 자연스러운 결과라고 했다.

유년을 건너뛴 듯 자란 아들은 영원히 아들로 살고 싶었나 보다. 그래서 신의 아들이 되기로 했나 보다. 십자고상을 올려다봤다. 양팔을 벌리고 십자가에 못 박혀 있는 그는 가시관까지 두르고 있었지만 표정은 온화해 보였다. 가만히 보면 신당의 지장보살, 관음보살, 마고할미의 미소도 보이는 것 같았다.

'당신이 간 길이 얼마나 힘들고 고독한 길이었겠습니까. 그만큼 크고 넓은 아량을 가졌겠지예. 하나뿐인 우리 아들 당신 곁에 온전히 갔습니더. 아버지를 모르는 아이가 영원한 아버지 찾아갔는거라예. 우짜든동 잘 품어 주이소.'

몇 번이나 읊하며 기도했다.

나는 어머니를 보내고 마을로 돌아왔다. 마을 입구에 있는 상철이 집은 쥐 죽은 듯 조용했다. 마당에 피운 모기향도 꺼져 있었다.

"상철아."

목소리는 기어들어가는 듯 작아서 내 귀에서만 맴돌았다.

지난겨울부터 어머니는 나만 상철이네로 밀어 넣었다. 뒤돌아보는 내게 손짓으로 빨리 들어가라며 대문이 닫힐 때까지 바라보고 있었다. 바깥에 있을 어머니를 생각하면 몹시 불안했지만 상철이는 쭈뼛거리며 서 있는 나를 끌곤 자기 방으로 갔다. 댓돌에 신을 벗으면 상철이는 잡았던 손에 힘을 주어 나를 마루 위로 올렸다. 그렇게 하지 않으면 마루도 못 오를 것처럼 매번 그랬다.

상철이는 아랫목에 나를 밀어 넣으며 춥겠다, 몸부터 녹여라하며 이불을 목까지 끌어다 덮어 주었다. 이불을 덮으면 몸은 더 떨렸다.

"너거 아버지 또 미쳤나? 괜찮다. 내하고 놀믄 되지."

상철이 목소리가 들리는 것 같아 담벼락에 기대앉았다. 내가 상철이네서 지낸 다음 날 어머닌 어디서 지냈냐고 물었지만 언제나 대답은 한결 같았다.

"엄마도 따뜻한 곳에서 지냈지. 걱정 말아라."

지금쯤은 어머니가 멀리까지 갔을 것 같아 안심이 되긴 했지만 혹시 되돌아올까 걱정이 됐다. 동네 입구를 자꾸 바라봤다. 만약 어머니가 돌아온다면 다시 보내야 한다고 마음먹었다. 그림자만 봐도 어머니인줄 알 수 있으니까. 다음에 어머니를 만나면 여전히 잘 지냈다고 말하겠지, 라고 생각했다. 그 시간이 빨리 오기를 바랐다. 그때쯤 나는 어떤 모습일까. 얼마만큼 컸을까. 상상해 보기도 했다. 그런데도 눈물이 났다.

동네가 안개로 자욱해 몸까지 축축해지는 것 같았다. 참으려 해도 눈물이 자꾸 흘러 목이 늘어난 티셔츠를 끌어 올려 얼굴을 묻었다. 눈물과 침이 저절로 흘러 가슴을 타고 내렸다. 멀리 기차가 지나가는 소리가 들렸다. 첫차라고 생각했다가 마지막 밤차란 생각도 들었다. 바퀴가 몇백 개라도 되나 보았다. 안개를 뚫고 가는 바퀴 소리가 유난히 크게 들렸다.

"야, 야, 니, 종운이 아니가?"

고개를 들어보니 상철이 엄마였다.

"아이구, 밤새 여기 있었더나. 쯧쯧."

상철 엄마가 딱한 얼굴로 내려다보고 있었다. 어깨 너머 밝아 오는 하늘이 보였다.

"들어오지 그랬노. 담엔 언제든지 들어 온나. 알았재."

대답 대신 툭툭 털고 일어나려 했지만 다시 고꾸라지고 말았다.

아줌마가 팔을 당겨 일으켜 주었다. 꾸벅 인사를 하고 동구 밖으로 걸음을 옮겼다. 니, 어데 가노? 밥이라도 묵고 가라. 등 뒤로 아줌마의 목소리가 들렸지만 그 길로 동네를 떠났다.

세속의 나는 이미 먼지가 되었다고 맹세했음에도 파고드는 기억을 어쩌지 못해 무릎을 꿇었다. 바람이 불어 언제 흘렀는지 모를 눈물을 말렸다. 성모송을 올리고 성부와 성모와 성령이 임함에 성호를 그었다.

나는 아들이 뒤에서 미는 것처럼 앞으로만 걸었다.

옅은 된장국 냄새에 발길이 멈춰졌다. 아들과 헤어졌는데도 배는 고파왔다. 여기저기 머리카락이 잘려 나간 봉두난발에 반바지를 입은 여자의 모습이 출입문 유리에 비쳤다. 힐끔거리며 돌아보기까지 하는 사람들도 보였다. 천천히 팔들 들어 머리를 매만졌다. 팔은 평생 처져만 있었던 것처럼 무거웠다.

주인 여자가 나와 나를 빤히 들여다봤다.

"배고파요?"

고개를 끄덕이자 가게 안으로 데리고 들어갔다. 시래기국 한 사발과 고봉으로 담은 밥을 내오며 천천히 먹어요, 하며 숟가락을 쥐어 줬다. 손이 떨렸다. 그래도 국을 한 수저 떠 입안으로 넣었다. 따뜻한 국물이 가슴을 타고 내려가는 것을 느끼며 그제야 눈물이 났다. 주인 여자가 등을 토닥였다.

한동안 식당에서 먹고, 자고, 일하며 살았다. 손맛이 있는 것 같다며 돈을 좀 모아 식당을 차려보라는 주인 여자의 말에 용기를 얻기도 했다. 시간이 지나며 주인 여자는 일하는 것 보니 몸이 약하다며 힘든 식당일 그만하고 재혼을 권했다. 손님 중 김 사장이란 사람이 있는데 마음에 들어 한다고, 소리 좀 넣어달라는 부탁을 받았다고 했다. 상처를 했고, 아이가 둘 있는데 엄마가 필요하다고 했다.

엄마. 내가 다시 엄마가 될 수 있을지 자신이 없었다. 내 아이 하나 건사하지 못하면서 남의 아이를 그것도 둘씩이나 키우다니. 안될 소리였다. 단번에 거절했다.

거절했지만 가끔 김사장이란 사람이 아이 둘을 데리고 식당에 와서 밥을 먹었다. 그것까지 막을 일은 아니었다. 아이 둘이 숟갈에 가득 담은 밥을 입으로 가져갈 때 내 아들도 저렇게 숟갈 큰 밥을 먹기를 기도했다. 까치머리를 하고 오면 머리를 빗어 주며 단장을 시키기도 했다. 아이들과 그렇게 친해지면서 김 사장과의 혼사가 진행되었다. 작은 공업사를 하는 그는 성실했고 다정스런 편이었다.

김 사장은 좋은 아버지 같았다. 보기 흐뭇한 순간마다 아들이 생각났다. 아이 둘을 정성껏 대했다. 그래야 내 아들도 어딘가에서 좋은 대접을 받을 것 같았다. 그건 확신에 가까웠다.

아이들을 등교시키고 남편도 출근을 하면 힘이 빠지기 시작했다. 몸을 일으킬 힘조차 없었다. 시름시름 앓는 것이 일상이었다. 열도 없이 식은땀이 흘렀다. 수시로 헛소리를 했다. 허공을 보며 중얼거렸고 설거지를 하며 알지 못할 소리를 했다.

병원 여기저기를 다니며 권하는 검사도 다 해 봤지만 건강상 큰 이상은 없다는 진단을 받았다. 그런데도 자꾸 아팠다.

주인 여자가 한 번씩 밥 먹으러 오던 동주 보살이란 사람한테

나를 보였고, 결국 신내림을 받았다. 다행히 남편이 이해해 주어 작은 신당도 차렸다. 아침저녁으로 기도를 하면 마음이 편했다. 장군신이 아들을 지켜준다고 했다. 잘 있으니 걱정마라는 소리가 귀에 쟁쟁했다. 그러면 방울을 힘차게 울렸다. 열두 개의 방울 소리는 분명 하늘까지 닿았다. 아들이 있는 곳과 나의 거리가 비로소 채워지는 것이었다. 어미의 간절함이 아들의 마음에도 울릴 것이었다.

떠나고 삼사 년쯤 지났을 때 마을을 찾았다. 마을 초입 언덕에는 억새가 펴 바람에 서걱거렸다. 살이 많이 붙었고 화장을 해 누가 봐도 모습을 알아채진 못했겠지만 밤을 택했다. 그믐밤이라 달도 없는 길을 걸어 상철이네를 찾았다. 상철이 엄마가 아들의 마지막 모습을 말했을 때 아들은 이미 세상을 알고 떠났다고 생각했다. 어딘가에서 잘 지낼 것이란 확신이 들었다. 의외로 슬퍼하지 않았고, 준비해간 선물들을 모두 상철이에게 줬다. 고마웠다고. 이제야 감사 인사를 한다고.

옛집은 가지 않았다. 상철이 엄마가 남편 얘기를 꺼내려 했지만 듣고 싶지 않아 입을 막았다. 이미 끝난 인연이었다.

찔레꽃 향기를 깊이 들이마시던 아들을 생각했다. 꽃향기가 속 깊은 아이로 만든 걸까. 둥지 보육원 원장은 아들이 스스로 보육원을 찾아왔다고 했다. 그런 경우는 처음이라 잊을 수가 없다고 했다. 얼굴엔 땟국물이 흐르고, 며칠은 굶은 듯 힘이 없는 아이가 눈만 반짝였다고. 그러면서 자기를 좀 키워 달라고. 은혜를 잊지 않겠다며 사정하더라고 했다.

"학교에서 보육원 아이라고 놀려도 들은 척도 안 했어요. 한 번은 학교 폭력 문제로 연락이 와 급하게 간 적 있었지요. 보통 아이들이 폭력성을 조금씩 가지고 있어요. 세상에 대한 저항이 우리원에 있는 아이들이라고 예외는 아니지요. 갔더니 종운이 볼이 부어오르고 코피가 나 있었어요. 종운이는 그 아이를 한 대도 때리지 않았더군요. 그런데 울고 있는 건 그 아였지요. 종운이가 맞고만 있으니까 덜컥 겁이 났던 거지요. 선생님이 아이의 어머니를 불렀고, 종운이에게 사과했죠. 이후로 종운이는 학교에서 괴짜로 통했어요. 덩치도 큰 아이가 이상하다며 종운이를 함부로 건드는 아이는 없었어요."

상철이네서 아들 소식을 들었을 때의 안도감이 이유 있는 것이었음을 알았다. 우리는 세상 속에서 결국 다시 만날 인연이었고, 그래서 시간이 그냥 흘러간 게 아닌 것 같았다. 어쩌면 조금씩 다가가기 위한 것일 수도 있었다. 원장이 아들이 있는 곳에 연락을 넣어 보겠다고 했다. 무턱대고 찾아갈 곳이 아니라 했다.

모든 것이 그저 스쳐 지나가는 것들이었다.

보육원 마당에서 축구를 하는 아이들의 함성이 노래 같았다. 그 아이들이 부처였다. 두 팔을 벌려 하늘의 기운을 모았다. 합장하고 깊이 머리를 숙였다.

나는 사제 서품식이 있던 전날, 걸려있는 검은 수단을 보며 기도했다. 그리고 육체든 정신이든 시간이든 모두 버림으로 신께 가까이 가는 수도사의 길을 택했다. 그리고 한 번은 마을을 다녀와야겠다고 생각했다. 세속의 인연을 끝내는 마지막 순서였다. 하지만 사제 서품식 이후에도 그곳을 찾지 못했다.

사제 서품을 받던 날 두 팔을 벌리고 바닥이 십자가인양 납작 엎드렸을 때 모든 것을 내려놓았다고 생각했다. 신께 세상과의 인연은 죽었음을 맹세했고, 신의 뜻으로만 살 것에 온전히 몸을 바치겠다고 했다. 그곳의 의미가 사라지는 순간이었다.

수도원에서의 삶이 시작되면서 오로지 기도를 하거나 묵상을 했다. 미사를 드리는 일 외엔 침묵의 시간을 보냈다. 그레고리오 성가를 부르며 마음을 씻어 냈지만 사탄의 장난처럼 아버지가 떠올랐다. 원장 수도사의 사물함에 고백의 쪽지를 넣었다. 그리고 한 번의 외출 허가를 받았다.

투니카(túnica)를 입고 두건을 깊이 썼다. 부끄러웠다.

"부끄러움을 견디는 것도 수도입니다. 단 한 번의 외출이기를 바랍니다. 다녀와서 더 깊은 수행의 길을 간다면, 갈 수 있다면 그것도 나쁘지 않지요."

바깥의 어떤 음식도 허락되지 않았으므로 식사 후 출발했다. 원장 수도사의 말이 오는 내내 위로가 됐다. 도착했을 때는 마을은 이미 어둠에 잠겼고, 서쪽 산등성이에 미명만이 남아 있었다.

완전히 어두워졌을 때 마을을 한 바퀴 돌았다. 천천히. 바람과 바람 속에 묻은 밥 냄새를 느끼며. 집마다 노란 색종이를 붙여 놓은 듯 창에서 불빛이 새어 나왔다. 늦은 저녁을 먹거나 텔레비전을 볼 것이다. 상철이네 담장을 넘어다보았다. 상철이가 썼던 방은 불이 꺼져 있다. 객지로 나갔나 보다. 그럴 수 있지. 어쩌면 당연한 일이었다. 고마운 상철이. 머리를 숙여 상철이 가족을 축복했다. 마을 사람들이 많이 떠난 듯 한적하고 조용했다. 아무도 마주치진 않았다. 다행이란 생각이 들었다.

옛집을 가기 위해 골목을 들어섰다. 마을에서 제일 뒷집이어서 비탈진 길을 올라야 했다. 왼쪽은 영선이네 밭이었고 오른쪽으로 조릿대가 무성해서 바람이 불면 쉬쉬쉬 소리가 났다. 동네 참새가 다 모이는지 지나갈 때 한꺼번에 날아올라 깜짝 놀라기도 했다.

아버지는 잠자리채로 참새를 잡았다. 해거름이면 조릿대 숲을 휘두르기만 해도 두어 마리씩 잡혔다. 아버지가 참새목을 비트는 건 병뚜껑을 따는 것보다 가벼웠다. 어머니는 급하게 물을 끓였고 화롯불을 피웠다. 사내가 이런 것도 해봐야지. 아버지는 우물가에 있는 빨랫돌에 나를 앉혀 놓곤 뜨거운 물에 담긴 참새를 들고 털을 뽑았다. 우물가에 들러붙은 젖은 깃털을 보며 더 이상은 날지 못하는 어떤 것에 대해 막연히 생각했다. 그건 아버지의 모습일 수도 있었다. 더 이상 날지 못할 것이라는. 하지만 아버지는 다시 시도할 것이란 것이 달랐다. 아버지의 시도는 번번이 열패감만을 불러올 뿐이란 걸 아버지만 모른다고 생각했다.

작은 몸뚱이에 붙은 세세한 털까지 뽑기에 집중하며 어머니는 아버지를 돕는 척 나를 등지며 가려 주었다. 어머니의 의도가 들킬까 봐 나는 오줌이 마려워도 참았다.

석쇠 위에서 익어가는 참새를 보는 아버지의 눈길은 흐뭇했다. 땀으로 얼룩진 얼굴에 화롯불이 어리어 번들거렸던 얼굴. 아버지가 자신감 등등했던 것을 손꼽는다면 그런 날이었다.

마당이 연기로 자욱하고 고기 익는 냄새가 차면 마치 잔칫집 같았다. 아버지는 어머니와 나를 화롯불 앞에 앉게 하고 고기를 건넸다. 나는 고기 맛보다 아버지의 웃는 모습이 좋았다. 내게 있어 아버지의 웃음은 평화였고, 곧 끝날 것을 아는 불안의 시간이기도 했다. 뼈를 발라내지도 않은 고기를 소금에 찍어 한입 가득 우물거리다 뼈만 퉤퉤 뱉어내는 아버지의 모습이 선했다.

조릿대 군락은 더 무성해져 있었다. 좁아 보이는 골목을 조릿대가 곧 점령할 것 같았다. 댓잎들을 손으로 쓸어 보았다. 새들이 쏟아져 나올 것 같아 손바닥이 저릿했다.

집은 조용했다. 촉 낮은 전등이 덕지덕지 바른 창호지를 노랗게 밝히고 있었다. 이가 맞지 않는 방문이 조금 열려 있었지만 움직임은 없었다. 선뜻 대문 안으로 들어서지 못하고 서성였다.

우물곁 석류나무가 그대로였고, 우물가에 걸쳐진 두레박도 여전했다. 여름이면 어머니가 우물물을 퍼 먹을 감기거나 등목을 해줬다. 숨 막히게 차가웠던 물은 겨울엔 따뜻해서 수도가 없었던 집에 유일한 급수 시설이었다.

맨드라미대가 마당 가득했다. 마당 전체에 난 싹을 한 번도 솎아내지 않은 것 같았다. 장독이 있던 자리엔 소주병이 산을 이루고 있었다. 유리병이 가득 쌓여 투명 구조물 같았다. 푸르스름한 유리들이 반사시키는 빛의 조각들이 차가워 보였다.

어머니는 맨드라미가 지나치게 붉다며 싫어했지만 아버지는 그것이 융단 같다며 좋아했다. 그는 어떤 융단 길을 걷고 싶었을까. 며칠씩 집을 비워 불안한 평화가 이어질 때 혼자만의 융단 길을 밟았을지 모른다. 두어 달 집을 비울 땐 그 길을 찾아 떠돌아다녔을까. 돌아올 때는 빚을 선물처럼 안고 왔던 집. 아버지만의 세상에 출입구가 있다면 집을 향해서만 열려 있었을 것이다. 그럴 수밖에 없다는 처참함에 치를 떨었을 것이다. 어쩌면 집과 가까울수록 그것은 아버지를 뻔뻔하게 했고 점령군의 행세를 했을지도 모른다.

맨드라미는 씨를 뿌리지 않아도 해마다 돋았다. 끈질기게 돋아나는 맨드라미가 징그러웠다. 아버지가 집을 비우면 싹들을 한 움큼씩 뽑아 조릿대 숲에 숨겨놓곤 했다.

방문이 벌컥 열렸다. 두건을 깊이 쓰고 대문 뒤로 몸을 숨겼다. 사내가 비척거리며 우물로 다가왔다. 바짝 마른 체구에 맨발이었다. 정돈되지 않은 백발의 머리가 얼핏 늙은 부랑자 같았다. 두레박을 내려 물을 길어 올렸다. 유난히 굽은 어깨. 아버지였다.

천천히 아버지 곁으로 갔다. 두레박째 물을 벌컥벌컥 마시던 그가 인기척을 느끼고 돌아봤다.

"아버지."

이십여 년 만에 불러 보는 이름이었다. 어색하지는 않았다. 누구야, 가래 끓는 쉰 목소리에 낮고 차분한 목소리로 아버지를 한 번 더 불렀다. 저, 좋운입니다. 움푹한 눈이 커졌다. 쌓아 놓은 소주병에서 반사된 푸른빛이 눈동자에 흔들렸다. 낡은 내의 위로 드러난 쇄골이 남루를 말하고 있었다. 그리고 헐떡였다. 입술을 훔치는 깡마른 팔뚝이 공포를 불러왔던 튼실했던 그것이 맞나 싶었다. 거칠게 자란 수염이 덮인 마른 입술이 달싹였다. 미, 흐릿했지만 분명한 발음이라 기억한다.

순간 아버지의 팔을 잡았다. 달싹이는 입술에 집중하자 손을 빠져나간 몸이 허깨비나 되듯 우물 속으로 고꾸라졌다. 마지막 말을 들어야 했다. 지금도 마지막 말을 듣지 못했다는 기억만은 선명하다.

달빛이 맑았던 밤이었고 우물 속에서 들렸던 둔탁한 소리, 곧 이은 몇 번의 텀벙거림. 그 후, 정적이라 할 만큼 조용함과 기다렸다는 듯 불어온 바람이 두건을 벗겼다는 것도.

두레박을 풀어 천천히 우물 속으로 내렸다. 찰박, 두레박이 물에 닿자 무릎을 꿇었다. 눈물이 흘렀다. 두레박을 내림으로 죽음만큼은 아버지의 선택이었음을 인정하게 하고 싶었다. 그것만큼은 아버지의 의지여야 했다. 한순간도 자신의 뜻대로 살아내지 못한 가엾은 사람에게 신의 은총이 닿는다면 그건 죽음밖에 없을 것이다. 아니다. 여기 온 것은 아버지의 죽음을 확인하고 싶어서였을지도 모른다. 어머니를 보내고 마을을 떠나지 않았다면 어쩌면 아버지의 죽음은 더 당겨질 수도 있었다. 나는 진심으로 아버지와 함께 집을 태워버리고 싶었다. 그것이 두려워 집으로 돌아올 수가 없었다. 기도를 했다. 깊은 곳으로부터 토해지는 짐승같은 울부짖음이었다. 주님, 나를 용서하지 마십시오. 아버지를 당신 곁으로 보냈나이다.

되풀이 되는 기도 속에서 신의 응답이 마음에 담겼다. 모든 것은 나의 뜻임을 잊었느냐. 안다는 것이 깨달음으로 와 닿는 순간이었다. 풀 한 포기조차도 그러하다는 마지막 울림이 눈물을 마르게 했다. 성모송을 올렸다. 빠르지도 느리지도 않은 속도로, 손끝에 힘을 주어 성호를 그었다.

나는 전남편의 사망 소식을 들었지만 가지는 않았다. 사망 소식을 전해준 건 상철 엄마였다. 혹 종운이가 오면 꼭 전해 달라고 부탁을 하며 남긴 전화번호였다. 그것이 전남편의 사망소식을 전하는데 쓰였다. 우물에 빠졌는데 나오지를 못한 것 같다고 했다. 상철 엄마는 술이 원수지 원수야 하며 혀를 끌끌 찼다.

평생을 떠돌다 떠난 불쌍한 영혼이었다. 이번엔 잘 될 것 같아. 대박이야. 한방으로 끝내고 올게. 큰일하려고 가는 사람 잔소리로 기분 잡치게 하지 마. 귓밥만 만지고 있으래두. 무수히 반복했던 말들이 생생했다.

오랜 시간을 앉아 천수경과 금강경을 독경하고 깊이 절했다. 그가 가는 길에 생전에 좋아했던 맨드라미를 닮은 붉은 융단이 깔려지길 처음으로 기원했다.

둥지 보육원 원장으로부터 연락이 온 것도 그때쯤이었다. 종운이가 만남을 거절했다는 소식이었다.

괜찮았다. 있는 곳만 알아도 위안이었다. 언제든 연이 닿으면 만날 것이리라. 기도는 간절했고, 아들을 위한 촛불을 단 한 번도 꺼뜨리지 않았다.

몇 번의 찔레가 피고 졌는지 모르겠다. 오늘은 아들을 만나기 위해 이곳에 있다. 이 순간이 영원처럼 길다. 영원히 끝나지 않을 것 같은 것들도 지나간 시간 속에 있으면 그저 스쳐 지나가는 것이었던 것처럼 지금도 그러하겠지. 많은 것들이 그랬던 것처럼. 비로소 담담해졌다.

나를 면회하겠다는 사람은 한 사람도 없었다. 오로지 수도자가 해야 할 과정들을 묵묵히 수행해 갔다. 원장 수도사가 나의 사물함에 보육원 원장님의 소식을 넣어 놨지만 아직은 아니라고 생각했다. 지금은 신의 곁으로 좀 더 다가갈 때였다. 세상 밖의 모든 것들을 사멸시켜야 한다는 생각으로 기도에 매달렸다. 어쩌면 그만큼 수도자로서 확신이 없었을지도 몰랐다.

기도에 매달리면 매달릴수록 어머니는 내게 다가왔고 기도 제목이 되었다. 어머니를 세상 속에 놓아 줄 수 있는 건 만나는 것 외에는 방법이 없다는 것을 깨달았다. 접견을 수용하기로 했다.

고딕체의 접견실이란 문패가 보였다. 보폭을 일정하게 유지하고 두 손을 가슴에 모은 채 다가갔다.

문득 아들이 좋아했던 노래가 생각났다. 가끔 평화로운 밤이면 아들을 재울 때나, 툇마루에 누워 함께 별을 보며 불렀던 노래였다. 지금껏 어떻게 이 노랠 잊고 살았을까. 나도 모르게 노래가 나왔다. 빈방에 노래가 낮게 울렸다.

비야, 비야 내려라
좍좍 내려라
호박잎을 따다가 우산을 쓰고

개굴개굴 개굴아 노래 불러라
호박잎을 따다가 우산을 쓰고

내가 부르는 노래에 겹쳐진 목소리가 있어 천천히 일어났다.
오후의 햇살이 창 가득 쏟아지고 있었다.

공주 미용실

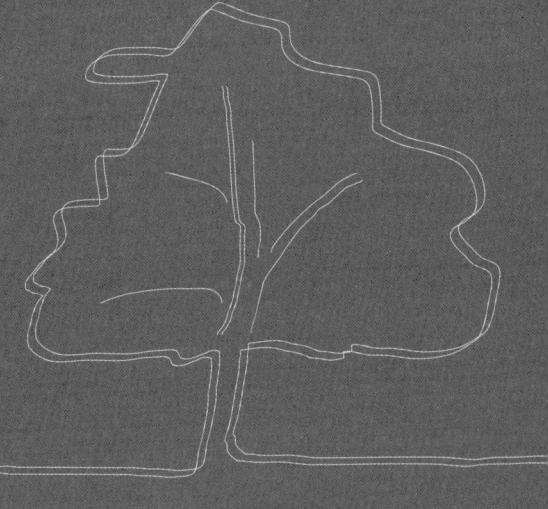

공주 미용실

시그널 램프가 돌아가는 소리는 골목 입구에서부터 들렸다. 야식 배달을 하는 먹보 분식까지 영업을 끝낸 시간이었다. 드르륵거리며 돌아가는 낡은 기계음이 유난했다. 미니 슈퍼 계단에 앉아 담배를 꺼내 물었다.

"미니 슈퍼는 아들이 건물 올릴 거란다."

염색용 장갑을 몇 장 빼서 급하게 나서는 내게 엄마는 묻지도 않은 말을 흘렸다.

고개를 돌려 불 꺼진 유리문을 봤다. 폐업이라고 쓴 A4 용지 한쪽 귀퉁이가 들떠 펄럭거렸다. 제대로 된 직장 하나 못 찾고 서른을 훌쩍 넘긴 내게 그건 그냥 해본 말이 아닐 거다.

담배를 입에 물고 종이를 뜯어냈다. 폐업이란 글자가 손안에서 와그작 구겨졌다. 폐업이란 안내가 없어도 충분히 폐업을 알렸을 만큼 시간이 지나기도 했다. 미니 슈퍼 노인들이 키우던 화초들이 담장을 따라 마음대로 자라고 있었다. 나는 구긴 종이 뭉치를 미니 슈퍼 담장 안으로 힘껏 던졌다. 뭉친 종이가 툭 떨어지는 소리가 들렸다. 날리는 것들도 뭉치면 무거워지는 것이다. 뭉치면. 함께하면.

그들에게 가는 것이다
그들이 알고 있는 것에서 출발하는 것이다
그들이 가지고 있는 것으로 만드는 것이다
그들 스스로 성취하였다고 말하게 하는 것이다

나는 활동가 지침*을 중얼거리며 천으로 만든 가방 안에 손을 넣어 휘적거렸다. 오늘따라 라이터가 손에 잡히지 않는다. 가방을 확 뒤집어 털어 버리고 싶은 걸 참으며 하나하나 짚어 본다.

사무실 열쇠 꾸러미가 한쪽으로 밀려가고 지갑이 밀려갔다. 손으로 들기에 마땅찮은 것들을 몽땅 넣다 보면 천으로 만든 가방은 모양도 제멋대로여서 보따리를 어깨에 걸친 것 같았다.

손에 잡히는 차가운 감촉 때문에 나는 그것부터 꺼내 계단에

---

* 활동가 지침은 '여성회 활동가 철학'에서 가져옴.

놓았다. 청귤 차였다. 눕혀져 있었을 병은 설탕물이 새어 나왔는지 표면이 끈끈했다. 가방 바닥에 굴러다니던 몽당 크레파스를 재껴 내자 라이터가 잡혔다. 손을 오므려 담뱃불을 붙였다. 목이 칼칼했지만 시간을 벌고 싶을 땐 담배만한 게 없다. 나는 눈이 시리듯 가늘게 뜨고 하얗게 뿜어지는 연기를 봤다. 연기가 어둠 속으로 퍼졌다 사라지는 것을 보면 가슴이 후련했다. 그것이 담배를 끊지 못하는 이유였다. 어둠 속에 연기가 완전히 흡수되면 볼우물이 패일 정도로 깊게 빨아들였고, 천천히 뱉어 냈다. 하루의 끝에서, 골목을 시작하는 곳에 앉아 하는 이런 식의 흡연은 습관 같은 것이었다.

하루 종일 쳇바퀴 돌았을 시그널 램프의 흐린 불빛을 본다. 막다른 골목의 담장에 긴 머리칼의 그림자를 늘어뜨리다 휘감아 가기를 반복하는 기둥 속엔 젊은 여자가 지치지도 않고 윙크하고 있다. 공주 미용실에 할아버지 손님들이 끊이지 않는 것이 저것 때문이지 싶어 피식 웃음이 났다.

오늘 아침, 엄마는 시그널 램프를 바꿀 때가 됐다고 넌지시 얘기를 꺼냈다. 나는 못 들은 척 했다.

"네 아빠가 이런 것 하나는 잘 고쳤는데......"

밀착형 일회용 장갑을 뽑으며 엄마를 봤다. 거울을 닦던 엄마는 말을 맺지 못했다. 하지만 내가 쏘는 한심스런 눈빛을 등으로 느꼈을 것이다.

"그래서?"

출입문을 잡은 채 한마디 했다. 언제부턴가 슬쩍 아버지 얘길 꺼내더니 요즘은 더 잦아지고 있었다.

"누가 뭐래? 그냥 그렇다구. 다 늙어서 혼자 사는 것도 보통 일은 아냐 얘."

"그럼 재혼하든가. 아빠는 안 돼."

엄마가 뭐라 말을 하는 것 같았지만 나는 출입문을 소리 나게 닫으며 나와 버렸다. 미친, 기어코 내뱉은 소리가 문 닫는 소리에 묻혔다. 골목을 빠져나올 때까지 출입구에 달려 있는 풍경소리가 들렸다.

가방을 뒤적거려 손에 잡히는 대로 크레파스를 꺼냈다. 손자를 데리고 온 미용실 손님이 흘리고 간 것이었다. 이만 원짜리 파마를 하면서 올 때마다 손자를 달고 와 과자부스러기니 뭐니 일거리를 만들어 놓곤 하는 노인이었다. 처음엔 맞벌이하는 아들에 대한 원망을 늘어놓다 파마가 끝날 때쯤이면 아직은 쓸모 있는 자신에 대한 자긍심으로 얼굴색이 달라지고, 거기다 퇴직 후에도 아파트 경비를 하며 가계에 보탬이 되는 남편 자랑을 은근슬쩍 흘리곤 했다.

미니 슈퍼 김 노인이 키우던 노란 백일홍이 어둠 속에서도 환했다. 나는 화분을 밀어 놓고 벽에 낙서를 했다. 이번에는 백일홍을 닮은 꽃이었다. 내가 꺼낸 색이 어둠 속에도 빨간색임을 알 수 있었다.

해바라기, 튤립, 벚꽃, 강아지풀, 내가 그린 풀꽃들이 순서대로 있었다. 백일홍을 닮은 꽃은 제법 시간이 걸렸다. 최대한 짙게 칠했다. 크레파스는 비가와도 지워지지 않아서 좋았다. 이번 겨울엔 나의 꽃들이 피겠지. 크레파스 토막들을 모두 꺼내 백일홍 화분에 넣었다.

청귤 차가 든 병뚜껑을 열었다. 달콤하고 산뜻한 향이 올라왔다. 나는 얇게 저민 청귤 조각 하나를 꺼내 입에 넣었다. 톡 쏘는 신맛이 뒤통수를 치는 것 같다. 서둘러 뱉어 냈지만 입에선 계속 침이 고였다.

준비해간 염색용 장갑은 청귤을 썰기에 딱 좋았다. 상미는 장갑이 밀착된 손을 펼쳐 보이며 나의 준비성을 칭찬했다. 기성은 손에 비해 턱도 없이 작은 장갑을 손가락에 걸치곤 장난스럽게 흔들어 보였다. 우리가 썬 청귤은 오십 킬로그램이었다.

청귤 차 담기는 기성의 아이디어였다. 카페마다 유행처럼 담는 청귤을 용역을 하면 어떻겠냐는 기성의 생각은 적중했고, 우리에게 청귤 담기를 부탁하는 카페는 조금씩 늘고 있었다.

청귤을 써는 내내 소매를 걷어 올린 상미의 팔뚝이 눈에 들어왔다. 퍼렇던 멍이 누르스름하게 삭아지고 있었다. 당분간은 청귤 차 담그는 일이 있겠지만 곧 다른 일을 찾아야 했다. 내일은 상미에게 미용을 권해볼 생각이다.

공주 미용실은 몇 명의 미용사를 키워냈다. 물론 나의 압력 때문이었다. 엄마는 내가 데리고 온 견습생들에게 먹이고 재워주며 기술을 가르치면서도 미친년, 이란 소릴 달고 다녔다. 엄마가 말하는 미친년이 어디서 부터였는지 알고나 있는지 모르겠단 생각을 하며 나는 세 개비 째 불을 붙였다.

나는 정말 엄마가 미쳤거나 아니면 정신병에 단단히 걸린 거라고 생각한 적이 있었다. 아버지와의 관계에서였다. 한마디도 지지 않는 엄마의 말(신혼 초부터 현재까지 아버지에 대한 원망이 주제였다)은 아버지의 폭력 앞에서 비로소 눈물과 한숨으로 방점을 찍는, 지긋지긋한 그들의 결혼생활(적어도 내겐 그렇게 보였다)은 이십여 년 넘게 유지되었다. 나는 그 꼴을 본의 아니게 평생 봐온 셈이었다.

어느 순간부터 먹는 것과 자는 것. 그리고 공부하는 것은 이들 부부를 이혼시키기 위한 것이 되었다. 말하자면 그들을 이혼시키는 것이 내가 어른이 되는 이유였다. 그리고 내가 대학을 졸업하던 해 부부는 이혼했다. 아버지가 공주 미용실에서 나가는 형식이었다. 엄마가 입버릇처럼 했던 네 아빠랑은 못 살겠다 못 살겠어,는 그렇게 끝났다.

상미가 미용실로 왔다. 청귤 차 시즌이 끝날 즈음이었다. 가정 폭력 보호 센터에서 지낼 수 있는 기간은 육 개월 정도였는데 남자를 피해 야반도주하다시피 한 상미는 빈손이었고, 방 한 칸 얻을 돈을 마련하기에는 짧은 기간이었다. 무엇보다 미용 기술을 익히는 것이 어떻겠냐는 나의 권유에 상미는 고맙다는 말을 덧붙여 응했다.

상미가 미용실에 온 첫날 기성과 나, 그리고 엄마는 조촐한 환영회를 했다. 삼겹살에 소주정도였지만 상미의 새로운 생활을 축하했다. 우리는 상미가 이미 숙련된 기술자나 된 것처럼 소주가 넘치도록 힘껏 유리잔을 부딪쳤고, 한 번에 잔을 비웠다. 기성이 머리 위에서 잔을 뒤집어 털어 보이며 웃었다.

"보수 같은 건 없는 거 알지?"

엄마는 첫 잔을 비우며 기술을 익히는 것만 해도 감사하게 생각하라며 설레발을 쳤고, 나는 조금만 노력해보자고 했다. 첫 잔에 유난을 떨었던 기성은 몇 잔 연거푸 소주잔을 기울였다. 잔이 몇 순배 돌며 새로운 헤어디자이너의 탄생에 들떴고 다들 좀은 흥분해서 목소리가 높아졌다.

상미가 웃으면서도 울고 있다는 건 그때 알았다. 우리는 한동안 상미가 소리도 없이 눈물만 닦아내는 모습을 바라볼 뿐 말을 잇지 못했고, 엄마가 가볍게 상미의 어깨를 두드려 주었다. 어색한 듯 뒷머리를 긁적이던 기성이 돌아가겠다며 일어섰다.

미니 슈퍼 앞에서 기성이 멈췄다. 내가 멈추기도 전에 갑자기

돌아서 나를 끌어안는 통에 신고 나간 슬리퍼 한쪽이 벗겨졌다. 우리는 깊은 키스를 나누었다. 기성이 귓속말을 했다.

"우리⋯."

기성의 입에서 뜨거움이 훅 끼쳤다.

"우리⋯, 언제까지 이렇게 지낼 거니?"

나도 알 수 없었다. 인권동아리 '함께 멀리'에서 만난 이후 기성과 나는 한 팀이 되어 움직였다. 졸업 후 기성은 취업에 성공했다. 그리고 나까지 취업시키려고 애썼다. 하지만 포기를 한건 기성이었다.

기성이 함께 활동을 하게 되면서 우리 단체(졸업 후에 나와 몇 명의 친구들은 '함께 멀리'란 이름으로 인권 단체를 만들었다.)는 활기가 돋았다. 나와 뜻을 같이하는 친구와 후배 몇이 이끌어 가는 단체였고, 재정이든 인력이든 열악한 단체에서 기성이 할 일은 많았다. 허드렛일도 마다 않고 해 내는 기성을 남성이니 여성이니 따지지 않았고, 우리는 그저 단체의 활동가일 뿐이었다.

한 번도 사랑한다는 말 따위는 나눈 적이 없지만 기성이 술기운을 빌려 가끔 이런 말을 하면 어떻게라도 지내야 할 사이 같았다.

"그럼 어떻게 할까?"

내가 반문했고, 기성은 내 눈을 찬찬히 보다가 돌아섰다. 기성이 입은 남방이 체크 무늬였다는 것이 그제야 눈에 들어왔다. 기성이 돌아서서 손을 들어 보였다.

기성이 빠져나간 골목에 바람이 불었다. 건조하고 서늘했다. 담배가 몹시 생각났지만 갖고 나오지 않았다. 엄마는 방에서 피는 담배는 질색이었다. 나는 백일홍 화분에 얹어 놓았던 크레파스로 벽에 그림을 그렸다. 가시가 촘촘하게 박힌 선인장이었다.

상미가 파지(파마할 때 사용하는 종이)를 건네주는 걸 보고 있었다. 상미가 건네주는 네모난 종이를 엄마는 보지도 않고 받아 롯드를 감았다. 건네고 받는 단순한 행동이었는데도 눈을 떼지 못했다. 일정한 속도감이 오히려 복잡한 머릿속을 정돈하게 했다.

실제로 나는 가방을 던져 놓은 채 소파에 깊게 앉아 엄마가 파마를 마는 모습을 보며 학기말시험이나 동아리 MT 계획 같은 것을 세우기도 했고, 친구와의 말다툼을 어떻게 해결할 건지 등에 대한 생각들을 정리했었다.

엄마는 오랫동안 지켜왔던 화요일 휴업을 지키고 있었고, 나는 일요일이라 모처럼 한가로웠다. 그래선지 일요일에 시간이 난다는 노인 몇이 단골이었다. 엄마가 닭 뼈 같은 자잘한 롯드를 감아 나가자 노인이 꾸벅꾸벅 졸았다. 이마와 눈가, 입술 주위까지 주름이 깊은 노인의 얼굴에서 푸르스름한 문신으로 모양을 낸 눈썹만이 갈매기인양 날렵해 보였다. 나는 거울에 비친 세 사람을 보며 오늘 밤부터 할 일을 생각했다.

이번엔 불법 현수막 철거였다. 시청에서 근무하는 친구의 제안이었다.

그동안 이런저런 아르바이트를 했지만 우리는 늘 재정난에 허덕였다. 지역 축제에서 김밥을 싸서 팔기도 했고, 조촐했지만 정기적으로 일일 호프집을 열어 후원의 밤도 진행하고 있었다. 회사 단위의 체육 대회에서 진행 요원 활동도 했고, 단체 홍보도 꾸준히 했다.

단체가 알려지며 가끔 후원금 면목의 기부도 있었지만 정부 보조금은 받지 않는다는 내부 규정은 지켜내고 있었다.

현수막 철거를 반긴 건 기성이었다. 건당 최저임금을 웃돈다는 건 우리에게 만만한 금액이 아니었다. 아쉬운 게 있다면 약간의 위험 부담이 있다는 거였다. 높은 곳에 설치되거나 육교 난간 같은 곳에 설치된 것이 많다고 했다.

나는 준비해갈 도구들을 떠올렸다. 가위나 커트 칼은 기본이었지만 펜치 같은 것도 가져가야 할 것 같았다. 작업용 장갑은 고무 코팅 된 것으로 준비해야겠다는 생각이 들 때 출입문 풍경이 흔들렸다.

어색한 화장이 더 어려 보이는 여학생이었다.

"아이구야, 공주 미용실이 유명해졌구나. 이쪽으로 앉아."

나는 소파 한쪽으로 옮겨 앉았다. 소파에서 스프링이 삐걱거렸다. 여기서 오래되지 않은 건 상미밖에 없구나, 란 생각이 들어 웃음이 났다.

"저기요, 여기 씨 컬 할 수 있어요?"

엄마가 거울로 아이를 보며 말했다.

"씨 컬이 뭔데?"

"이렇게 뒤집어지는 거요."

아이가 자기 머리카락을 위로 둥글게 말아 보였다.

"아, 소데마끼 말하는 거야?"

"아니요, 씨 컬요."

"씨 컬이 뭔지 모르겠다만, 내가 말한 거랑 같은 걸 거야."

엄마가 롯드를 다 감자 상미가 노인의 머리에 보자기를 씌우고 있었다. 노인이 눈을 떠 뒤를 돌아보며 씨 컬인지, 씨발인지 여기서 찾으면 되나, 라고 했고, 나와 상미의 눈이 마주치는 순간 웃음이 터지려 했지만 아이의 손을 잡았다.

"한 번 해봐. 마음에 안 들면 풀면 되지."

아이가 살짝 인상을 쓰며 망설였다. 빨간 립스틱을 바른 입술이 도발적으로 보였다.

"언니 믿고 해볼게요. 근데 얼마예요?"

"삼 만원."

엄마가 간단하게 답하자 아이의 얼굴이 환해졌다.

"와, 대박! 다른 댄 칠만 원이에요. 이거 잘되면 우리 반 애들다 데리고 올게요."

엄마가 미친년들, 별거 아닌 걸로 돈만 비싸게 받는다며 욕을 했고, 아이가 옷걸이에 걸린 가운을 걷어 입었다.

중학교 진학을 앞둔 겨울방학. 엄마는 소데마끼(바깥말음)란걸 해줬다. 길었던 머리를 자르고 처음 교복을 입어본 날이었다. 엄마는 이런 단발엔 소데마끼가 어울린다며 싫다는 날 거울 앞에 앉혔고, 처음 엄마에게 전적으로 머리를 맡겼었다. 평소엔 머리 끝을 다듬는 정도로 끝나던 일이 두 시간이나 걸린다는 말에 투덜대는 내게 엄마가 한 말이었다.

마음에 안 들면 풀면 되지.

엄마는 롯드를 말며 말했다. 인생도 파마처럼 풀 수 있으면 좀 좋겠니? 나는 엄마의 삶에서 '풀음'의 의미를 생각했다. 거울에 비친 엄마의 눈에 살짝 눈물이 고이는 걸 보며 이들 부부를 이혼 시켜야겠다는 생각을 처음 했다. 그것이 엄마가 말하는 '풀음'이라고 이해했다.

엄마가 이혼한 첫날. 나는 엄마와 이혼 파티를 하고 싶었다. 법원에서 출발한다는 엄마의 전화를 받고 케이크와 샴페인을 샀다. 네 아빠하곤 이젠 정말 지긋지긋하다, 란 말과도 드디어 작별이었다.

떠들썩할 줄 알았던 미용실은 너무 조용해서 냉기마저 느껴졌다. 나는 곧 도착할 엄마를 기다렸다. 문을 여는 순간의 써프라

이즈를 기대했다. 하지만 도착할 시간이 지났는데도 엄마는 오지 않았고 폰의 재발신을 눌렀을 때 벨 소리는 안채에서 들렸다. 의외라 생각하며 쫓아 들어갔다. 방문을 열어젖혔다. 엄마가 이불을 뒤집어쓰고 울고 있었다. 나는 눈앞의 황당한 상황을 어떻게 이해해야 좋을지 몰랐다.

"엄마, 아무리 좋아도 이건 아니지."

나는 이불을 걷어내며 말했고 엄마는 모르면 가만히 있어, 라며 소리까지 지르며 다시 이불을 뒤집어썼다.

"장하다, 엄마 아빠 이혼을 다 시키고."

어른이 되고 싶었던, 그 간절한 목적이 살짝 흔들리는 순간이었다. 하지만 나는 꿋꿋했다. 더 이상은, 정말 더 이상은 이 부부가 싸우는 꼴은 보고 싶지 않았다.

나는 케이크에 초 한 개를 꽂았다. 촛농이 떨어지는 걸 보며 생크림이 듬뿍 올려진 케이크를 잘랐다. 한입 가득 넣은 케이크를 샴페인으로 삼키며 엄마의 이혼을 자축했고, 다가올 평화를 기원했다.

엄마와의 단란함이란 것이 내가 가졌던 알량한 소망이란 걸 깨닫는 데는 그리 긴 시간이 필요하지는 않았다. 결국 모자 가정에서 소녀 가장으로 옮겨가는 형국이었고, 성질이 점점 고약해지며 늙어가는 엄마를 지켜야 한다는 의무감으로 굳어지는 것 같았다. 나의 결혼조차 발목 잡는다는 걸 어렴풋이 느꼈다. 하지만 그때의 해방감은 나의 자존감 같은 거였다.

"내가 원한 건 이런 머린 아닌데, 그래도 나쁘지 않아요. 가성
비 대비!"

나도 아이의 머리가 어떻게 나오나 궁금했다. 그때 난 머리를
바로 풀어버렸었다. 엄마가 머리 아랫부분을 살짝 누르며 빗으
로 머리를 거꾸로 빗어 올리면 된다고 시범을 보였지만 도대체
이해되지 않은 스타일이었다. 엄마는 그 애한테도 나에게 한 것
처럼 시범을 보였고, 머리를 쉽게 손볼 수 있도록 살이 촘촘한
빗 하나를 선물했다.

"쟤는 멋을 아는 애네. 넌 금방 풀어 버렸잖아."

엄마도 기억하고 있었다. 그때는 저런 머리가 유행이 아니었
다며 급하게 얼버무렸다. 파마가 끝났어도 가지 않고 믹스커피
를 마시고 있는 노인을 보며 청귤 차 생각이 났다. 숙성되어 맛
이 들었을 것 같았다.

"엄마, 청귤 차 한잔해요. 상미도 피곤할 텐데."

자기는 괜찮다며 상미가 손사래를 쳤다.

상미는 낮엔 엄마 보조 미용사를 하며 밤에 국비 지원 미용학
원을 다니고 있었다. 곧 있을 실기 시험 준비로 학원을 다녀와서
도 가발과 긴 시간을 싸웠다. 인권 단체 '함께 멀리'에서 상미의
실습을 일부 지원해 주고는 있었지만 가발 가격도 만만찮았다.

가발이 없을 때는 신문지를 잘라 마네킹에 덮어놓고 가위질을 해댔다.

"난, 커피 마실란다."

바닥의 머리카락을 쓸며 엄마가 말했다. 롯드를 씻던 상미가 나도 그냥 커피 마실래요. 하며 내게 눈을 찡긋해 보였다.

상미는 청귤 차의 행방을 아는 것 같았다.

"엄마, 혹시, 아빠 줬어요?"

나는 엄마의 말이 나오기 전에 미쳤어? 란 말이 튀어 나왔고, 엄마도 지지 않고 원망을 퍼부었다.

"똑똑한 딸 덕에 독수공방 십 년 넘게 했으면 됐지. 네 아빠가 불뚝 성질은 있어도 나쁜 사람은 아니다. 뒤끝 없고, 확실한 사람이야. 요즘 피곤하다고 해서 줬다. 줬어. 왜?"

눈물이 쏟아질 것 같았지만 참으며 말했다.

"불행하다며, 아빠 때문에 못살겠다며, 정말 지겹다며!"

"그땐 그때고!"

엄마가 빗자루를 집어 던졌다.

나는 밤늦도록 현수막을 철거했고, 돌아오는 길에 습관처럼 미니 슈퍼 계단에 앉아 담배를 피웠다. 담벼락에 코스모스를 그렸다. 이리저리 흔들리는 코스모스를 다섯 송이 그렸고, 바람도 그려 넣었다. 나의 꽃밭이 풍성해져 가고 있었다. 나는 화분들을

제자리에 옮겨 놓고도 한참을 계단에 앉아 있었다. 꽁초 다섯 개
가 발아래 떨어졌을 때 담배는 동이 났고, 꽁초를 담은 담배 곽을
힘껏 구겨 담장 너머로 날렸다.

나와 기성이 현수막 철거 작업을 끝내고 돌아왔을 때 늘 켜져
있던 시그널 램프가 꺼져 있었다. 상미가 신문지 머리카락으로 컷
연습을 하고 있었다. 학원을 마치고 돌아왔을 때 엄마는 이미 집
을 떠난 후였다고 했다. 안방 화장대 위에 간단한 메모가 있었다.

미용이 지겨워졌다.
나이도 있고, 더 이상은 무리야.
내가 더 도움이 못돼서 미안하다.
아빠와 함께 있기로 의논했다.
널 보면 가기가 힘들 것 같아 없을 때 간다. 이해 해.

메모는 간단했고, 계절에 맞는 옷들과 화장품만 급하게 챙겨간
것 같았다. 허탈도, 비애도 아닌 감정이 줄지어 지나는 것 같았는
데 마지막으로 설명할 수 없는 자유로움 같은 것이 어렴풋이 찾
아왔다. 그러자 한층 가벼워졌고, 눈물 같은 건 나오지 않았다.
그날 기성과 나와 상미는 맥주를 마셨다. 우리가 찾은 자유를
축하했고, 미용실을 어떻게 운영할 건가를 얘기했다.

미용실은 상미가 기술을 익히는 대로 다시 열기로 했다. 기성이 미용실로 들어오기로 했지만 나와의 동거나 결혼을 의미하는 건 아니었다. 말하자면 공동체 생활 비슷한 것이어서 우리는 꼼꼼하게 계획을 세웠다. 역할 분담이 가장 까다로웠다. 청소와 조리, 세탁, 쓰레기 정리, 장보기 등을 요일별로, 달별로, 계절별로 세웠으며 서로 지켜야 할 일들을 정했다. 그 중 '연애는 밖에서 하기'가 있어 우리는 한참 웃었다. 생각보다 정해야 할 것들이 많았고, 우리는 지치지 않고 하나하나 점검했다.

규칙을 쓴 A4 용지가 서너 장은 됐고, 마지막 장 아래에 세 명 나란히 서명을 했다. 빈 맥주 캔을 담았던 바구니가 가득 차 있었지만 우리는 얼추 술이 깨고 있었다.

기성이 가겠다며 일어섰다. 밤을 새다시피 맥주를 마시고 수다를 떨던 얼굴에 피로가 겹쳐 보였다. 나는 몇 번 자고 가면 어떻겠냐 말을 했지만 기성은 첫 전철을 탈 수 있겠다며 뭔가를 털어내듯 점퍼를 몇 번 툭툭 치고는 출입문을 열었다. 풍경 소리가 청량했다.

기성과 나는 새벽 공기를 가르며 골목을 걸었다. 내가 끄는 슬리퍼 소리가 유난했다. 골목 끝에서 기성이 멀어지는 뒷모습을 지켜봤다. 기성이 뒤돌아서서 손을 흔들었고, 잘해보잔 말을 잊지 않았다.

한 남자가 기성을 스치듯 지나쳤고, 나는 돌아섰다. 남자가 내

쪽을 향하는 것 같아 순간 긴장했다. 나는 여차하면 기성을 부를 요령이었지만 기성에게까지 목소리가 닿지 않을 것 같았고 오히려 상미가 뛰쳐나올 것 같았다. 그것도 괜찮았다. 그건 가벼운 종이를 뭉치는 것과 같을 거다. 나는 순간적으로 흐르는 생각들을 정리하고 있었고, 어느새 남자는 내 곁을 스쳐 미용실로 향하고 있었다.

이 시간에 이발을 할 것도 아닌데, 나도 발걸음이 빨라졌고, 남자에 이어 내가 곧 미용실로 들어섰다.

널브러진 땅콩 껍질들을 모아 담던 상미의 얼굴이 하얗게 질려 있었다. 상미가 말을 잇지 못하는 사이에 남자가 무릎을 꿇었다. 상미가 남자를 물끄러미 내려다보았다. 그리고 천천히 돌아섰다. 상미를 따라 방으로 쫓아 들어갔다. 주섬주섬 물건들을 챙기는 상미의 팔을 잡아채자 상미가 나를 봤다. 상미의 눈은 뭔가를 말하는 것 같았지만 나는 알 수 없는 기호를 대하는 것 같아 답답했다. 상미가 가방을 챙겨 나오자 남자가 가방을 받아 들었고 상미의 어깨에 팔을 둘렀다.

상미가 잠깐 뒤돌아보는 것 같았지만 그때까지 나는 어떤 말도 하지 못했다. 미니 슈퍼 계단에 앉아 제법 차가워진 새벽 공기를 힘껏 들여 마셨다. 술이 완전히 깨고 있었다. 나는 양팔을 둘러 나를 감싸 안았다.

먹보 분식 앞에 식자재가 배달이 되어 있었다. 무와 배추가 있었고, 대파가 실해 보였다. 가을이 가고 있었다. 미니 슈퍼 담장을 장식했던 꽃들도 색이 바랬고, 잎들이 말라 갔다. 언뜻언뜻 내가 그린 꽃들이 보였다. 나의 꽃들이 피고 있었다. 크레파스도 닳아 손에 겨우 잡혔다. 나는 마지막으로 해를 그렸다. 어렸을 때처럼.

겨울에 접어들며 그나마 이어지던 현수막 철거 일거리도 줄어들고 있었다. 아파트 분양도 끝났고, 빌린 돈 찾아 준다는 현수막도 흔하지 않았다. 한창 학생들을 모집한다는 학원 광고도 뜸해졌다.

뺑소니 차량을 찾는다거나 사람을 찾는다는 현수막을 볼 때는 그것이 불법 현수막이라도 우리는 떼지 않았다. 기성과 나는 알지도 못하는 가해자에게 욕을 해댔고, 오래되어 늘어나거나 풀어진 끈은 약속이나 한 듯 다잡아 매 주곤 했다.

우리 손에 처음으로 약간의 돈이 쥐어졌다. 몇 달 동안 지속적인 작업이 가능했기 때문이었다. 기성이 여행을 가자고 의견을 냈고, 나는 망설였지만 결국 동의했다. 우리는 휴대용 가스레인지와 주방용품 몇 개, 김치와 양파 등을 간단하게 챙겨 출발했다. 기성이 가진 오래된 경차가 우리를 결정적으로 떠날 수 있게 했다. 어설픈 설렘 같은 것도 있었지만 마음은 복잡했다.

내가 움직이지 않아도 밀려들어갔던 전철에서처럼 거리도 그랬다. 기성의 경차는 누가 밀어주기라도 하듯 천천히 가다 톨게이트를 통과했다. 초보 운전자처럼 앞만 응시하는 기성을 보며, 나도 차가 밀리니 어쩌니, 란 말조차 하지 않았다. 어쩌면 우리는 함께 상미를 생각했고, 고속도로로 향하는 차들의 행렬에 포함된 것만 해도 사치라는 생각을 했을지도 모른다. 서해안 고속도로에서 차는 잠시 제 속도를 내며 달렸지만 곧 지방도로로 우회했다. 처음부터 목적 있는 여행은 아니어서 서해안을 타고 남쪽으로 가보자는 심산이었다.

우리는 바다를 접한 작은 마을에 차를 세웠다. 동네를 한 바퀴 산책하며 빨랫줄에 널려 꾸덕꾸덕 말라가는 생선들을 처음 보는 풍경인양 바라봤고, 오후의 햇살을 흠뻑 뒤집어쓰고 앉아 그물을 손질하는 늙은 어부를 지켜봤다. 딱히 바쁠 것도 없다는 듯 단순함과 반복으로 해진 데를 꿰어가는 그를 보며 파마를 마는 엄마의 모습이 겹쳐지기도 했다.

노인의 투박해 보이는 손끝에서 매듭지어 지는 노동을 위한 시간이, 남자를 따라 나선 상미의 시간이, 또 다른 시간을 위해 잠시 떠나가 보는 우리의 시간이 나란히 흐르고 있었다. 자리를 털고 일어났을 때는 점심시간이 훌쩍 지나 있었다. 우리는 갯바위를 등지고 앉아 라면을 끓여 먹었다.

짧은 초겨울 해가 서쪽으로 기울고 있었다. 마을을 벗어나 산모퉁이를 돌며 오늘 지낼 숙소에 대한 얘기를 했고, 내가 근처

민박을 검색하고 있을 때 음악 소리가 들려왔다. 산모퉁이를 완전히 돌자 시야가 확 트이며 개펄이 펼쳐졌다. 음악은 그곳에서 들렸다. 남자 둘이 버스킹을 하고 있었다. 멀리서도 기타를 치는 사람의 키가 커 보였다.

바닷가의 연주회라니. 우리는 약간의 낭만을 즐길 수 있겠단 생각이 들어 차를 세웠다. 처음에는 신청곡도 받으며, 신청곡에 대해 익살스런 농담을 섞기도 하며 천천히 진행했다. 하지만 해가 기울고 사람들이 빠지면서 자기들이 준비한 곡들을 불렀다.

여기저기 개펄을 뒤지며 뭔가를 캐던 사람들도 어느새 빠져나가 관객은 우리만 남아 있었다. 물이 차면서 우린 조금씩 바깥으로 나왔지만 그들은 그곳에서 노래를 불렀다. 등 뒤로 노을이 지고 있었고, 그들의 연주와 노랫소리는 파도 소리와 함께 바다 위로 흐르는 것 같았다. 바닷물이 금방 정강이를 적셨고, 허벅지로 차오르고 있었다. 우리는 바깥으로 나와야 한다고 외쳤다. 하지만 그들은 힘껏 노래를 불렀다. 그들이 호텔 캘리포니아를 부를 때 바닷물은 허벅지 위쪽까지 차올랐다. 우리가 해양경찰과 119 중 어디로 알려야 할지 잠시 망설이는 동안에도 수위는 높아졌다. 시간이 없었다. 119에 전화를 걸었다. 먼 곳에서 사이렌 소리가 들리기 시작했을 때 그들은 오히려 바다로 걸어 들어가고 있었다.

맙소사, 이건 아니지, 이봐요, 이봐요, 라고 외쳤지만 우리의 목소리는 낚시에 걸린 물고기처럼 바람 속으로 자맥질 했다.

해양경찰이 파도를 가르며 나타났고 구조대원들의 분주한 움직임이 보였다. 어느새 앰뷸런스도 도착해 있었다. 버스커들은 흠뻑 젖은 생쥐 꼴을 하고는 제 발로 앰뷸런스에 올랐다. 경광등을 돌리며 멀어지는 앰뷸런스를 보며 그때서야 우리는 가슴을 쓸어내렸다.

협조를 해 달라는 요청에 경찰에 나가 상황 진술을 했다. 우리가 유일한 목격자라고 했다.

우리의 첫 여행은 그렇게 끝났다.

나는 어린이집 버스를 기다린다.

노란 승합차가 골목 입구에 서면 세연이 환하게 웃으며 내릴 것이다. 내가 손바닥을 내보이면 그것이 샌드백인양 밤톨만한 주먹을 날릴 것이다. 그리고 새 건물을 올려 규모가 커진 미니 슈퍼에서 과자를 한 개쯤 사서 갈 것이다. 나는 세연을 먼저 보내고 담배를 한 대 피며 아이의 뒷모습을 볼 것이다. 세연은 어눌한 발음으로 노래를 부르며 공주 미용실 출입문을 확 열어 재낄 것이다. 아이 엄마가 하던 일을 멈추고 잠시 안아 주면 쪼르르 소파에 앉아 과자를 먹을 것이다. 아이 엄마는, 밥 먹어야 되는데 과자를 먹는다며 귀여운 잔소리를 늘어놓을 것이고, 나는 이런 거 먹고 커야 잘 큰다며 훈수를 둘 것이다.

계획은 길었지만 여정은 짧았던 서해안 여행에서 돌아온 날, 미용실 앞에 가방을 든 여자가 서 있었다. 어둠 속에서도 상미라는 걸 알 수 있었다. 나는 들고 있던 휴대용 가스레인지를 팽개치고 달려가 안았다. 상미는 담담하게 다녀왔다고 말했다. 상미가 걸어온 길 담장에 내가 그린 꽃들이 활짝 펴있었다.

우리는 오랜만에 맥주를 마셨고, 여행에서 있었던 일을 얘기했다. 상미는 정말? 정말? 하며 되물었고, 기성과 나는 어디 딴 나라라도 갔다 온 것처럼 신나게 떠벌렸다. 준비해간 라면은 미용실에서 끓여 해장용으로 쓰였다.

상미가 돌아왔으므로 우리가 함께 세웠던 계획들을 옮겼다. 꼼꼼하게 챙겼던 우리의 역할은 점점 불러오는 상미의 배처럼 두루뭉술해졌다. 상미의 역할은 누구랄 것도 없이 손에 잡히는 대로 해결했다. 상미는 입덧을 하면서도 미용을 익히는 일에 부지런을 떨었다. 그런 상미가 자잘한 일에 부담을 느끼지 않으려면 기성이나 나나 상미가 하려고 했던 일들이 부담스러우면 안 되는 거였다.

세연의 탄생은 우리에게 축복이었다. 상미의 외출이 가져온 선물이었다. 그러자 모든 것은 세연을 중심으로 수정되었다. 그런 것들은 지극히 자연스러웠다.

세연이 포대기에 싸여 처음 공주 미용실로 온 날, 우리는 또 하나의 공주 탄생을 축하했다. 무엇보다 새 생명의 시작은 믿기 어려울 만큼 신비한 것이었다. 세연이 하품을 해도 우리는 환호했고, 이가 없는 입을 한껏 벌려 우는 모습에도 탄성을 지르며 좋아했다. 특히 입속에서 고 작은 혀가 바르르 떨릴 땐 귀여움에 자지러졌다. 세연은 상미의 뱃속에서 잉태되었지만 우리의 아이였다.

상미의 산후조리를 엄마는 마다하지 않았다. 그런 이유로 나는 더 이상 엄마에게 눈치를 줄 수 없었다. 엄마는 커가는 세연이 아른거린다며 자주 미용실을 들락거렸다.

이제 공주 미용실은 씨 컬 하나는 싸고 잘하는 곳으로 유명하다. 나와 기성은 여전히 밖으로 돈다. 부지런히. 하지만 상미가 차지하는 재정적 지원은 지대하다.

노란색 승합차가 골목으로 들어선다. 엄마가 나를 보고 있었다면 이렇게 말했을 것이다.

어쩜 그렇게 금방 표정이 바뀔 수 있냐? 가증스럽게.

호두나무 마당

호두나무 마당

367-3번지, 367-4번지, 짚어가며 헤아렸지만, 367-4번지 다음엔 400-1번지였다. 혹 놓쳤나 싶어 다시 살펴도 367-5번지는 입구조차 보이지 않았다. 지번이 빽빽한 지도를 보며 짐작은 했지만 현장은 더 난감했다. 지도상에선 아래윗집처럼 보이는데 윗집으로 가는 입구는 가늠조차 어려웠다.

367-4번지의 대문 손잡이는 철사로 묶여있었고, 페인트가 벗겨져 녹물이 흐른 자국이 선명했다. 얼기설기 엮인 철사를 단단히도 그러맨 모양이 다시는 이 집으로 돌아오지 않겠다는 의지처럼 보였다.

검지로 지그시 누르며 철사를 따라갔다. 한여름의 엉켜진 마삭줄 같았다. 마삭, 아직은 더울 때 단풍이 든 잎을 보며 엄마가 알려준 이름이었다. 묻어난 녹물을 엄지를 포개 뭉갰다.

대문의 손잡이에 패인 자국이 눈에 익었다. 돌멩이로 찍어 생긴 홈이란 생각이 들었다. 어린 소년이 복잡한 골목의 기준을 정하기 위해 부러 날카로운 돌멩이로 찍어 표를 낸 흔적임에 확신이 들었다.

"영화에서 본 것 같은데…, 그게 뭐더라, 뭐였지….."

어디서 본 것 같은데, 를 몇 번이나 중얼거리며 책에서 본 것일 수도 있다는 생각을 했다. 문틈에 눈을 바짝 대 보았다. 내부를 조금이라도 확인하고 싶었다.

집은 오래전에 비워진 듯했는데 정말 처음 같지가 않았다. 낯선 익숙함, 기시감, 이런 것들이라 생각했다. 그런데도 367-5번지는 알 수 없었다. 있다면, 집 뒤를 덮은 무성한 나무 뒤에 있을 것이었다. 도산은 뜀뛰기를 하며 살폈지만 지붕이라 짐작되는 건 없었다. 한 번의 가지치기도 없었던 듯 나무는 원시의 모습 그대로인 것 같았다.

도로명 주소가 정착되면서 집 찾기가 쉬워진 게 일반적이었다. 그런데 이 동네는 상황이 달랐다. 비뚤비뚤한 골목 따라 집들이 이어졌고, 막다른 길 같아 보여도 모퉁이를 돌면 또 다른 골목이 시작되었다. 군데군데 칠이 벗겨진 대문에 붉은 라커로 갈긴 듯 알쏭한 영어들이 분사되어 있었다. 어디에도 없는 기형의 몸매를 그려 놓고는 그것이 그렇게 우습다는 듯 아이들은 키

득거렸을 것이다. 이 동네 애들은 아니라며 금방 가래가 튀어나올 듯 가랑가랑한 목소리의 민원인이 생각나 한숨 끝에 웃음이 났다.

'도대체 집이 있긴 한 거야.'

여유를 갖고 찾아보겠다는 처음과는 달리 짜증이 올라왔다. 혀를 차며 생수병을 땄다. 차가웠던 생수는 데워져 밍밍했다. 대충 목을 축였다. 유월의 햇살은 따가웠고, 도산은 좀은 지친다고 생각했다. 뒷주머니에서 손수건을 꺼내 펴서 털고는 금방 세수를 끝낸 사람처럼 얼굴을 훔쳤다.

키 낮은 담장에 붉은 페인트의 긴 물결무늬의 낙서가 끄트머리에서 쌍시옷이 되어 '씨발'로 끝을 맺고 있었다. 당장 뱉고 싶은 말이 거기 있어 좀은 후련했다. 담장에 걸터앉았다. 갈색과 겨자색이 섞인 체크 무늬 손수건을 만지작거렸다. 복지과 김유선이 생수와 함께 챙겨준 것이었다. 손수건은 필요 없다고 했다. 정말 필요하지는 않았다. 그런 도산에게 선뜻 가겠다고 해서 고맙다며 굳이 손에 쥐여 주곤 쓰고 버려도 된다고 했다.

최근 들어 동네 끝집에서 악취가 심해서 살 수가 없다는 민원이 연이어 들어왔다. 지도상 367-5번지였고, 도산이 진상 조사를 위해 복지과 김유선을 대신해 나온 것이었다. 여자가 오기에는 위험한 곳이라는 것이 이유였다.

음료를 한 모금 들이켰다. 고양이가 해바라기라도 하는 듯 웅크려 있다. 갈색 얼룩을 가진 녀석은 마구 자란 명아주 사이에서 뚫어져라 도산을 보고 있었다. 사금파리를 주워 생수를 부어 주자 급하게 핥아 먹었다. 녀석은 냄새난다는 그 집 담장을 수시로 넘나들었겠지. 조금 더 부어 주며 자신이 올라온 골목으로 눈길을 돌렸다.

좁은 골목을 끼고 마주보는 허름한 대문들. 오를 때 본 거니까. 그러니 본 것 같은 거겠지. 거기다 이런 골목은 흔하디흔하니까. 도산은 고개를 주억거렸다. 패인 곳을 덧입혀 거칠어진 시멘트 바닥이 이 동네 세월의 흔적 같았다.

남은 생수를 골목에 버렸다. 물이 흐르며 가파른 길에 검은 줄을 그었다. 생수병을 구겼다. 던지면 어디까지 나를까. 엉뚱하다고 생각하면서도 이런 순간이 가끔은 즐거웠다. 생수병을 던지려 팔을 올렸을 때 누군가가 골목을 오르는 것이 보였다. 팔을 내리고 구긴 생수병을 뒤로 슬쩍 감추었다. 피식 웃음이 났다. 동네 주민일지도 몰랐다.

소년이었다. 골목을 오르느라 소년의 얼굴은 상기되었고, 막 돋기 시작한 여드름 위로 땀방울이 맺혀 있었다. 도산은 소년이 스치듯 비켜갈 때까지 '조손'을 떠 올렸다. 어깨 아래로 처진 교복의 소매 선이 중학 첫 학기임을 짐작하게 했다. 낙서들의 주인이 아닐까 생각하며 돌아보았다. 그새 골목으로 접어들었는지 소년은 보이지 않았다.

할머니와는 지독히도 싸웠다. 길에서 만난 할머니를 딴청을 피우며 지나친 것도 도산에겐 저항이었다. 할머니는 사랑이라 했고, 도산은 인정하지 않았다. 지금은 하나의 감정 덩이로 남았다.

시간이 흐른다고 모든 것이 제자리로 돌아가는 것은 아니었다. 요양병원을 마지막으로 찾은 지 이태를 넘기고 있었다. 잠깐 들러 인사라도 하라는 아버지의잦은 전화를 애써 외면했다. 퇴근길에 위치한 요양병원을 도산은 번번이 지나쳤다. 마음이 움직이지 않았다. 그렇다고 딱히 마음에 걸리거나 불편하지도 않았다.

소년이 입고 있던 교복이 자신의 모교와 같다는 생각이 들었다. 아니 같았다. 그 집을 물어 봤어야 했다는 아쉬움에 도산은 뒤통수를 몇 번이나 긁적였다.

여름 바다가 아득히 먼 곳이나 되듯 물러나 있었다. 오후의 윤슬이 눈부셨다. 대평동을 대부분 차지한 소규모 조선 수리소와 게딱지 같은 횟집의 지붕들이 보였다. 저렇게 돌을 얹거나 노끈으로 싸맨 지붕 아래서 직원 회식을 했고, 동료들과 술잔을 기울였나 싶었다. 하긴 바닷바람이 심했고, 지대가 낮아 슈퍼 문이나 사리 때가 되면 잦은 침수가 있기도 했다.

수평선엔 해무가 일어 하늘과 경계가 흐렸다. 후덥지근한 바람에서 비린 맛이 났다.

골목을 내려오며 구둣발로 바닥을 문질렀다. 시멘트 바닥이 소금처럼 푸슬푸슬 일어날 것만 같았다. 하지만 그 광물의 입자들은 생각보다 견고했다. 이 동네를 떠나지 못하는 사람들처럼.

살리나스 그란데스 소금사막, 소금 바닥의 흰 육각 균열을 보며 그것들의 입자를 생각했다. 현미경으로 봤던 육각의 투명한 소금 입자는 어떤 형태든 그 속성을 벗어나지 못하고 있었다. 큰 육각의 도형은 손톱으로 긁는다 해도 육각일 것이었다. 손바닥에서 반짝이는 소금가루를 보며 인간이 가진 속성 또한 굳건할 것 같았다.

노인이 되어서도 매사에 우유부단함을 면치 못했던 아버지. 기세난당했던 할머니가 요양병원에 누울 때까지 도산이 아는 한 결코 변한 건 없었다. 손바닥을 핥았다. 짰다. 먼지만한 알갱이라도 소금은 짜고 마이신은 쓸 것이었다. 도산은 고개를 주억거리면서도 변화에 대한 갈망을 놓지 못하는 자신을 돌아봤다.

여행은 지독한 외로움이나 낯선 곳에서의 막연함으로 자신을 괴롭히는 일이었다. 아픔을 견디기 위해 다른 곳에 더 큰 통증을 주어 보는 것처럼. 세상 끝이라는 곳, 그곳에서 버팀의 시간도 이제는 끝내고 싶었다.

도산은 더 이상 떠나지 않았다. 여행 후 공무원 시험을 준비했고, 이곳 영선동사무소에 발령받은 지 사 년을 넘기고 있었다.

소득 없는 방문이라 좀은 허탈했다. 사무실로 와 책상에 앉았을 때 기다렸다는 듯 전화가 울렸다.

"나, 김 선장이요."

수시로 민원전화를 넣는 김 선장을 도산은 본 적도 없었고, 실제로 선장을 했는지도 알 수 없었다.

한국전쟁 당시 산 위까지 집들이 들어차며 8부 능선쯤 길을 뚫었다. 비탈이 심한 동네마다 닦여진 길을 산복도로라 불렀다. 말하자면 부산에만 있는 고유명사였다. 산복도로 위쪽 동네에 재개발 바람이 불었지만 지지부진되며 자연 공동화현상이 먼저 일어났다. 치안이나 보건 문제로 이 지역에 대한 회의가 시 차원에서 여러 번 있었지만 딱히 결과를 내지 못했다.

하나둘 늘어나던 공가가 한집 건너로 이어졌다. 동네를 떠나지 못한 노인들은 밤낮을 가리지 않고 전화를 해댔다. 구체성도 맥락도 없는 정보들을 쏟아내곤 일방적으로 끊어버리면 끝이었다.

"도대체 이 냄새나는 집을 어쩔 거요? 날이 더워지니 못살겠어, 못살겠다구!"

쩌렁쩌렁한 목소리에서 핏대를 세운 목울대가 연상됐다. 대거리를 하고 싶은 건 마음뿐이었다. 이마를 손등으로 받치며 책상에 팔을 고였다. 김유선이 아이스커피를 만들어 책상 위에 놓았다. 도산은 엄지와 검지로 동그라미를 만들어 보였다.

도산이 집을 찾기 힘들었다는 얘기를 했지만 그럴 리가 없다며 김 선장은 우겼다.

"웃기시네, 여기에 와보기나 했어?"

김 선장은 너 같은 놈들이 이 동네에 올 턱이 없다고 확신이라도 하는 것 같았다. 커피가 든 잔을 손바닥으로 감쌌다. 손바닥이 차가워지며 감정이 가라앉는 것 같았다. 다음에는 함께 가자는 약속을 받은 다음 수화기를 놓았다. 아이스커피를 들이켰다. 벌컥거리는 소리가 유난했지만 쉬지 않고 마셨다. 여직원이 휙 돌아봤다. 문득문득 찾아오는 목마름이 도산은 고통에 가깝다고 느꼈다.

여름이 시작되면 더 심해지는 갈증의 순간들을 도산은 이겨내고 있었다. 그것이 여행의 끝이라면 끝이었다. 목마름의 근원이 무엇인지, 목마름 너머에 있는 어떤 것들과 직면하려 애썼다. 그것은 각오에 가까웠고, 그래야 정착할 것 같았다.

김 선장이 나타나지 않고 있다. 비가 내렸지만 자신이 동네를 안내하겠다는 확신에 찬 고함은 믿을 만했다. 그 냄새나는 집이 있다는 길목에 차를 세웠다. 김 선장의 마지막 말이 딱 거기서 보자는 거였다. 비탈이 심한 사거리였다. 시동을 끄지 않고 계속 와이퍼를 작동시켰다. 처음 만나게 되는 김 선장을 먼저 알아봐야 했다. 척 봐도 알 것 같아서 차창에서 눈을 떼지 않았다. 피곤하고 귀찮은 민원을 오늘은 꼭 해결하고 싶었다. 안면을 트면 김 선장의 잦은 전화질도 줄어들 것이란 기대에 마음이 가벼웠다.

핸들을 잡은 손으로 장단을 맞추며 알고 있는 노랫말들이 저절로 흥얼거려졌다. 하지만 약속 시간 삼십 분을 넘기도록 김 선장이라 짐작되는 사람은 보이지 않았다.

라디오를 켰다. 뉴스 끝에 장마전선이 한반도에 도착했다는 일기를 예보했다. 장마가 이어지는 동안엔 갈증은 진정될 것 같았다. 이어 '초우'가 흘렀다. 젊은 친구들은 잘 모르겠지만 '초우'의 추억은 아직 많은 사람의 가슴에 오늘의 비처럼 흐르겠지요. DJ의 낮은 목소리가 너무 매끈거린다고 생각했다.

도산에겐 익숙한 노래였다. 화창한 날에도 하늘을 살피며, 비가 오는 날엔 벽에 기대어 '가슴 속에'로 시작되는 가사를 '카쓰음 쏘옥에'하며 한숨처럼 흥얼거리던 엄마. 엄마를 생각하면 도산은 강물이 떠올랐다. 마르지 않는 물줄기 하나 늘 품고 사는 것 같았던 여자. '엄마'라는 감정은 걸러진지 오래였다.

바보, 자신도 모르게 중얼거렸다. 아득했던 꿈 하나 놓지 못하던 바보 같은 여자. 노래는 일절이 끝나고 이 절 전주가 시작되고 있었다. 눈물이 뺨을 흐르고 있었지만 도산은 알지 못했다.

와이퍼 사이로 그날 봤던 소년이 보였다. 소년은 여전히 교복을 입었고, 크고 검은 우산을쓰고 있었다. 도산이 차에서 내려 소년을 향해 걸었다. 김 선장이 오지 않는 마당에 소년에게 어떻게든 말이라도 붙여봐야 했다.

소년은 개들을 보고 있었다. 세 마리였다. 피투성이가 된 개가 널브러져 있었고, 덩치 큰 개가 여전히 이빨을 드러낸 채 쓰러진 개를 보며 으르렁거리고 있었고, 덩치가 왜소해 보이는 한 마리는 먼 산을 바라보며 으르렁거리고 있었다.

소년이 길가에서 어른 주먹만 한 돌멩이를 하나 집어 들어 먼 산을 바라보고 있는 개를 향해 있는 힘껏 내던졌다. 한순간 머리를 강타당한 개는 깽, 외마디 비명과 함께 비틀거렸다. 하지만 몇 걸음 못가 쓰러졌고 혀를 쭉 빼고는 헐떡였다. 공포에 젖은 부릅뜬 눈으로 놈은 큰 개를 찾는 듯 두리번거렸다. 그러나 큰 개는 소년이 돌멩이를 날릴 때 이미 달아나고 없었다.

도산이 달려갔다. 소년은 이미 골목으로 접어들었고, 도산이 뒤를 따랐다. 소년이 비탈진 골목을 성큼성큼 올랐다. 따라잡기 힘든 속도였다. 핸드폰을 꺼내 청소과에 전화부터 했다. 숨이 찼지만 위치를 정확하게 알려주었고 개를 치우라고 일렀다. 민원이 들어오기 전에 해결하는 것이 상책이었다.

소년의 머리가 젖어 어깨 위로 물방울이 떨어지고 있었다. 도산은 뛰다시피 소년을 따라잡았다. 뒤통수에서 학생, 학생 잠깐만, 이라고 불렀지만 소년은 들은 척도 않고 기역 자로 꺾어지는 골목으로 돌았다.

367-5번지가 있는 골목이었다. 도산이 기억하는 한 거의 빈집이었는데 어린 소년이 이곳 어딘가에 산단 말일까. 도산이 따라 돌았을 때, 소년은 367-4번지 담장을 끼고 다시 돌았다. 맙소사, 그렇게 찾으려 했던 입구가 이렇게 쉬이 있을 수 있을까 싶었다.

집 뒤쪽으로 돌아가는 소년을 도산이 따라갔을 때 쪽문 하나가 보였다. 햇볕도 들지 않을 것 같았다. 문을 여는 소년을 따라 도산이 함께 들어갔다. 눅눅하고 침침한 공간에 매캐한 냄새가 고여 있었다. 안으로 잠긴 문고리를 붙들고 소년이 외쳤다.

"엄마, 문 열어 봐. 엄마, 뭐하는 거야. 응, 응."

소년은 이미 눈물로 범벅되어 있었고, 이마에 맺힌 땀이 눈물과 섞여 턱 아래로 뚝뚝 흘렀다. 도산이 답답한 가슴을 움켜쥐었다.

소년이 잠금이 허술한 미닫이를 발로 차며 안으로 뛰어 들어갔다. 얼굴빛이 연탄재처럼 하얀 여인이 가슴을 풀어헤치고 쓰러져 있었다. 눈은 반쯤 뜨고 있었으나 초점이 없었고, 입가에 토사물이 흘러 말라 있었다. 가슴엔 손톱으로 긁은 듯 선명한 보라색 상흔들이 가득했다. 소년이 여인을 끌어안았다.

"이건 아니지 엄마, 내가 걱정 말라고 했잖아. 약한 개가 물려 죽든 말든 아무런 행동도 취하지 않고 먼 산만 바라보는 할머니 같은 개를 내가 죽였어. 할머니도 죽을 거야. 그니까, 그니까, 걱정 말라고 했잖아. 바보같이, 이게 뭐야 바보같이…."

소년이 오열했다. 눈물과 침이 보라색 상흔 위로 고였다.

차갑고 눅눅한 공기가 도산의 정신을 깨우는 것 같았다. 방은 비어 있었고 바보같이, 바보같이, 바보같이…. 중얼거리는 자신의 목소리가 되돌아 왔다. 낡아 희끗희끗한 벽지의 무늬가 선명했던 시간들이 함께 돌아와 도산의 시간에 얹히는 것 같았다.

367-5번지는 쪽문 바로 옆 계단을 올라야 했다. 돌로 만든 다섯 개의 계단. 다섯 번째의 계단 층은 낮은 나무 대문과 이어져 있었다. 대문 곁에 있던 나무는 우람해져서 367-4번지 뒤쪽, 그 알 수 없었던 녹음을 만들고 있었다.

그늘이 드리워진 돌계단은 계절이 비껴가듯 서늘했다. 그곳에서 만화를 보거나 연습장을 꺼내 만화 캐릭터를 그리며 엄마를 기다렸던 자신이 오롯이 거기 있는 것 같았다.

계단에 걸터앉았다. 무성한 잎들이 우산이나 되는 듯 그곳에는 비가 들이치지 않았다. 그 때처럼 무릎을 감싸고 바다를 봤다. 도산은 그래 보고 싶었다는 듯 노래를 불렀다. 카쓰음 쏘옥에 스며드는 고독이 몸부림 치일 때…. 눅눅한 바람이 언덕을 거슬러 올라 도산을 감쌌다. 그때서야 도산은 자신이 몹시 떨고 있다는 것을 알았다.

골목을 돌아 나왔다. 다리가 후들거렸다. 비에 젖은 367-4번지의 초록 대문은 녹슨 곳이 더 붉어 보였다. 흠뻑 젖은 도산이 대문과 마주섰다. 첫 방문 때의 낯선 익숙함은, 익숙함이었다.

가파른 언덕을 오르다 초록색 대문이 보이면 한숨 돌리곤 했다. 할머니의 눈을 피해 오르내리던 언덕은 도려낸 듯 도산의 의식 밖으로 밀려나 있었다. 부식되어 끝이 말려있는 페인트를 손톱으로 긁었다. 페인트 가루들이 발아래로 떨어졌다. 주먹 쥔 손을 어찌지 못하고 대문을 쳤다. 탕. 울림이 골목을 채웠다.

핸드폰이 울렸다. 청소과였다. 근처는 다 찾았지만 치울만한 개는 없다는 거였다.

"초, 초, 초복이 다가 오잖아요. 누가 주워 갔나 보죠."

도산은 현실과 환영이 겹쳐 말을 더듬거렸고, 목소리까지 떨렸다.

의료용 침대인데도 노파는 이불에 파묻혀 곧 가라앉을 것처럼 보인다. 베개를 붙들고 있는 성긴 백발이 목숨 줄은 놓치지 않겠다는 결의 같다. 처진 눈꺼풀 속 깊은 눈동자가 흔들림 없이 도산을 본다. 도산은 노인이 자신을 알아보기 위해 기억을 더듬는다고 생각한다. 할머니는 비로소 무력하다. 소금알갱이의 짠맛을 기억한다. 할머니는 엄마의 죽음이 스스로의 선택일 뿐이었다고 했다.

도산은 줄곧 걸었고, 기억들을 되새겼다. 비에 젖은 인도를 걸으며 자신의 기억이 어쩌다 빠진 보도블록 한 조각 같다고 생각했다. 어떤 것도 다를 건 없었다. 친구들, 동료들, 업무 내용, 몹시 힘들었던 군복무까지. 도산의 기억 속 모든 것들은 평이했고 진행형이었다.

병원 복도에서 만난 아버지는 사실을 말할 수 없었다고 했다. 도산이 병원에서 깨어났을 때 그 순간만큼은 어머니의 죽음을 기억하지 못했고, 차라리 모른 채 사는 게 더 나을 거라고 판단했단다. 그것은 변명에 더 가까웠다. 아니, 잔인했다.

늘 그랬다. 아버지의 변명은 짜증스러웠고 조악했다. 할머니에겐 곧 헤어질 테니 기다려달라며 매달렸고, 엄마에겐 할머니를 설득시키겠다며 달래곤 했다. 하지만 말뿐이었다. 도산은 어떤 것도 놓치기 싫은 극단의 이기라고 이해했고, 아버지는 그저 그렇게 살아가는 비루한 사내일 뿐이었다. 자신이 가진 감정 덩이, 외면하고 싶은 그 모호한 고통의 결정체 또한 그것이었다.

연륙교에는 빗속에서도 난간에 기대어 낚시를 하는 이들이 있었다. 주로 고등어 새끼나 매가리 정도였지만 밤이 되면 도시의 낚시꾼들이 손맛이나 보겠다는 듯 몇몇이 모이곤 했다.그들을 지나칠 때 진한 물비린내가 났다. 우비까지 걸친 것이 시간을 꽤 보낸 것 같았다. 비를 실은 바람이 무겁게 와 닿았다. 도산도 이미 물비린내에 흠뻑 젖었을 것이었다. 그런데도 몸은 가벼워지는 것 같았다. 이렇게 제자리를 찾아가는 것이었다. 헐거웠던 시간들이 밟고 가는 격자무늬 보도블록처럼 빈틈없이 맞아떨어지는 것이었다.

밤이 늦어서야 집에 도착했다. 주방부터 가 냉장고를 열었다.

문 포켓에서 생수 한 병을 꺼내고 냉장고 위 칸에 정리된 것으로 다시 채웠다. 쉬지 않고 한 병을 들이켰다. 이렇게 긴 하루라니. 이렇게 긴, 긴 날이라니. 도산은 큰 숨을 뱉어 내며 생수병을 구겨 개수대에 던졌다.

소파에 털썩 주저앉았다. 마치 오랜만에 여행에서 돌아온 듯 사물들이 낯설었다.

"찾았어. 드디어."

혼잣말을 중얼거렸다. 입술이 열감으로 메말랐다. 머리 밑까지 소름이 돋아서 손빗으로 몇 번이나 쓸어 올렸다. 그런데도 머리카락이 낱낱이 일어서는 것 같았다. 담요를 뒤집어쓰고 소파에 웅크려 누웠다.

핸드폰이 울렸다. 몹시 귀찮았다. 컬러링이 대 여섯 번 반복되면서 혹 비상 연락일 수도 있겠다 싶었다. 김유선이었다.

"오늘 복귀하지 않으셔서 전화했어요. 무슨 일 있었어요?"

도산은 개인적인 일이 있어 바로 퇴근했다고 했다. 사실 복귀 자체를 잊고 있었다. 동장이 연락 닿을 때까지 전화를 넣어라 했단다. 실수했다는 말까지 덧붙이며 미안하다는 말을 전했다.

"어디 아파요?"

김유선은 목소리에 힘이 없다며 도산의 안부를 물었다. 도산은 괜찮다고 말하려 했지만 기침이 먼저 쏟아졌다.

"집이 어디에요? 약을 좀 사 갈게요."

도산은 김유선의 관심이 부담스러웠다. 지난번에 준 손수건은 세탁 바구니에 던져둔 상태였다.

"정말 괜찮아요. 고마워요."

김유선은 몸조리를 잘하란 말로 통화를 끝냈다.

도산은 열에 들떠서도 뭔가를 찾았다는 기분에 마음이 놓였다. 뭘? 자신에게 물었다. 나를? 나의 소년기를? 엄마를? 놓쳤던 감정들을? 몇 가지의 물음들을 던지는 동안 미끄러지듯 잠속으로 빠져들었다. 기억하는 한 느끼지 못한 편안함이었다. 모로 누운 몸을 바로 뉘었다.

초록 대문과 키를 낮추어 들어가야 했던 쪽문과 돌계단, 바람이 불 때면 쏴아아 흔들리던 나뭇잎들. 탱탱볼 같았던 초록 열매들이 눈앞을 어른거린다. 영상을 보는 것 같다. 손바닥 같았던 이파리들 사이에서 흔들렸던 열매, 열매들.

도산은 돌계단에 앉아 책을 읽는다. 머리 위로 열매 하나가 툭 떨어진다. 밤송이 같은 머리를 손바닥으로 쓸며 위를 본다. 잎들이 겹쳐져 만든 농도 다른 초록의 그늘들이 도산의 마음에 고인다. 가슴을 쓰다듬는다. 뜨겁다. 뜨거운데도 이파리들 사이로 쏟아지는 햇살이 눈부시다. 뒷집 나무 대문이 열린다. 흥남 할머니가 나온다. 이거 머거, 에미나이가 지 새끼 기달리는 것도 모르고 어디 간 기야? 손바닥 가득 호두를 담아 내민다. 호두를 싫어

하는 도산이 한 개만 집는다. 머거, 아무거나 잘 먹고 뱉어 낼 때 좋은 걸 뱉어야 하는 기야. 그래, 호두나무였어. 입술을 달싹거린다. 바싹 말라 있다. 목마르다. 집 뒤의 초록 무성했던 그 나무가 호두나무란 걸 깨닫는다.

눈을 떴다. 아직 소파에 누워있다. 몸이 무거워 일어설 성 싶지 않다. 힘을 주어 상체를 일으켜 본다. 휘적휘적 걸어 주방으로 갔다. 냉장고를 열고 생수병을 땄다. 아스피린을 찾아 입에 털어 넣고 물을 마셨다. 정신이 들었다. 어제 일이 재생되는 필름처럼 머릿속을 스쳤다. 마지막으로 가파른 길에 기우뚱하게 주차된 차가 생각났다.

짧은 여름밤이 지고 있었다. 비탈진 좁은 도로를 오른 택시가 힘겹다는 듯 도산을 내려 주고 떠났다. 가로등 아래 시멘트 길이 하얗게 드러나 보였다. 쓰레기봉투를 든 환경미화원이 내리막길을 뛰어 내려오고 있었다. 야광조끼에서 노란빛이 반사됐다. 거친 숨소리가 도산을 스쳐 가고, 땀 냄새가 훅 끼쳤다.

"산아, 등목 한판 어때?"

엄마는 언덕을 오르며 흘렸던 도산의 땀을 씻어주고 싶어 했다. 집에 가서 샤워하겠다는 도산을 엄마는 굳이 팔굽혀펴기하듯 엎드리게 했다.

"우리 산이 청년이 다됐네. 넓어진 어깨 좀 봐."

여드름이 올라오기 시작한 등짝에 바가지에 뜬 물을 부으며 걱정 마, 곧 함께 지내게 될 거니까, 란 말을 잊지 않았다. 마지막엔 늘 찰싹 소리가 나도록 등을 치곤 끝, 이라고 했다.

엄마의 손바닥이 느껴져 도산은 등이 뜨뜻해지는 것 같았다.

어때? 시험인데 공부 좀 해보는 건.

어때? 오늘 치킨 파티 할까?

어때? 먼저 씻고 밥 먹는 건?

어때? 라고 시작하는 엄마의 말투가 생생했다. 어때, 어때, 어때, 엄마, 이렇게 엄말 찾아오는 건. 도산은 엄마가 기다리기라도 하듯 말을 뱉었다.

바다를 봤다. 집어등을 환하게 켠 어선들이 뱃고동을 울리며 항구를 나서고 있었다. 하루가 시작되고 있었고, 언덕에서 맞는 오늘이 여행지에서 맞는 첫날처럼 느껴졌다.

나무는 우람했다. 나뭇가지들이 담장까지 처져 있어 집이 잘 보이지 않았다. 나뭇가지 사이로 보이는 창은 어두웠고, 쌓아 놓은 포대 자루들이 어스름히 보였다. 건드리기만 해도 덜거덕거릴 것 같은 낡은 대문이 흥남 할머니가 그대로 산다는 확신을 들게 했다. 집안을 감싸고 있는 알싸한 냄새를 도산은 그제야 느꼈다.

대문을 흔들었다. 비에 불은 나무 대문이 둔탁한 소리를 냈다. 한참을 기다렸지만 기척이 없었다.

도산이 손나팔을 만들어 큰 소리로 노인을 불렀다.

"할머니, 산이 왔습니다."

"흥남 할머니, 산이가 왔어요."

도산이 몇 번 흥남 할머니라고 불렀을 때 현관에 불이 켜졌다. 미닫이가 몇 번 덜컹거리더니 슬리퍼 끄는 소리가 들렸다.

"뉘기요, 새벽 댓바람에."

도산의 기억보다 등이 굽고 키가 줄어 보이는 노인이 낮은 대문 너머로 보였다.

"흥남에서 누가 왔소?"

새벽을 등지고 선, 키 큰 남자를 노인이 유심히 살폈다. 헐렁한 몸뻬 바지가 바람에 감기며 휘어진 노인의 다리가 앙상하게 드러났다.

"이녁이요? 내가 당신이 올 줄 알았디. 암, 약속을 지킬 냥반이디."

노인이 대문을 밀고 나와 도산의 손을 덥석 잡았다. 목피 같은 노인의 손바닥이 도산에게 고스란히 전해졌다.

"저, 산이……."

도산이 말하려 했지만 노인은 막무가내였다.

"들어 오오, 들어오오."

노인이 도산의 손을 잡아끌었다. 도산이 노인의 어깨를 안았다. 어깨뼈가 한 손안에 들어왔다. 깡마른 몸이 몹시 떨리고 있었다.

"나무를 보시오. 이녁이 좋아하던 호두나무라오. 이거이, 이거이, 이만큼이나 자랐소. 이거 팔아 다, 당신 양복하나 사기요."

목소리가 고르지 못한 노인을 계단에 앉혔다. 노인이 보낸 곡진의 세월이 굽어지고 휘어진 호두나무 등걸과 닮아 있을 것 같았다. 재킷을 벗어 노인의 어깨에 둘러 주었다.

"그렇게 꼭 잡았는데 내 손이 이녁 손아귀에서 미끄러져 나옵디다. 혹시 내 뒤로 이녁이 탔나 싶어 미친년처럼 배를 샅샅이 뒤졌잖소? 이미 부두는 폭파되었고, 당신은 배에 없고, 참말로 이런 세상이 있나 싶었소. 그래도 가 있으면 따라가겠다는 말만 믿고 살았디."

도산이 잠자코 있었다.

"와 말이 없소? 여지껏 당신만 기둘렸는데……."

역할놀이나 상황 놀이가 딱 어울리는 장면이었다.

어린 도산은 엄마와 하는 상황 놀이가 좋았다. 도산이 의사가 되면 엄마는 환자가 되었다. 장난감 주사 한 방이면 엄마는 씻은 듯 나았다. 도산이 선생님이면 엄마는 학생이 되었고, 도산이 주인이면 엄마는 손님이 되었다. 도산은 번번이 훌륭한 의사 선생님이 되었다가, 유능한 교사가 되었다가, 돈 많은 사장님이 되곤 했다.

가없는 시선을 보내던 흥남 할머니가 말을 이었다.

"간첩이 내려왔다는 뉴스가 나오면 내 가슴은 두근거렸소. 혹여 이녁인가 싶어서. 그래서 이름부터 확인 했디."

노인이 말을 이었다.

"우리가 다녔던 비료공장 있잖소? 거기 담장에 있던 호두나무 기억하오? 이녁이 오래 기다려야 맛난 열매 먹을 수 있다고, 그러니 이 나무처럼 참고 살자고 그랬잖우. 내가 그래서 이 나무 심은 기야."

노인의 독백이 길어지고 있었다. 아버지를 기다리는 엄마의 모습이 오브 랩됐다. 하지만 엄마는 도산에게 단 한 번도 아버지를 물은 적이 없었다. 어쩌면 자신에게 돌아오고야 말 것이란 확신 같은 거였을까.

"여기 와서 안 해 본 거 없소 내가. 청대치기도 했지비. 암만. 광목에다 쪽물을 들여 내다 팔았디. 그거 할 때가 힘은 들었지만 좋았디. 파랗게 물든 광목을 빨랫줄에 척척 널어놓으면, 참 이뻤어. 바다가 훤히 보이는 마당에 쪽물들인 광목을 보고 당신 찾아오라고, 그 말을 편지에 쓰고 싶었지비."

머리를 쓸어 올리며 펄럭이는 푸른 광목을 바라보는 여인의 모습이 보이는 것 같았다. 이렇게 가쁜 숨을 쉬다니. 야윈 가슴에서 색색 소리가 났다. 마른침을 삼킬 때마다 일그러지는 얼굴이 힘겨워 보였다. 야윈 어깨에서 미끄러지는 재킷을 도산이 몇 번이나 다시 둘러주었다.

대야에 생선을 담아 이고 골목골목 다니며 팔기도 했고, 남의 집 살림도 살아 줬어. 할머니는 그동안 꽁꽁 묶어 놓았던 이야기 주머니를 풀어 놓듯 말을 이었다. 끝이 없을 것 같았다. 그렇더라도 자리를 뜰 수는 없었다.

사람들이 시집가란 얘기도 했다. 그래도 난 싫었어. 이미 정혼을 했는데 무슨 시집을 또 가. 이산가족 찾기를 할 때 당신 이름 하나 달랑 써서 하염없이 기다렸디. 하염없이… 해가 지고, 또 지도록. 당신을 아는 사람조차 못 만났어. 지나쳤는데 그 사람이 에미나이 찾던 사람이었구만. 이런 말이라도 들었다면 내 맴이 좀 나았을 기야. 후-유, 홍남 할머니의 한숨은 깊고도 길었다.

이산가족 상봉이 있대서 찾아갔지만 난 신청자격도 없더만. 약혼자는 가족이 아니랬지비. 그렇게 살았소. 그러다 보니 나무도 이젠 늙고, 당신을 기다리는 내 마음도 늙었어. 늙었어. 늙어 …. 노인이 조용해지고 도산의 어깨가 묵직했다. 도산의 어깨에 기댄 노인이 어느새 잠들어 있었다.

수평선으로 이내가 내렸다. 곧 아침이었다. 도산은 여행에서 예상했던 길을 놓친 것 같았다. 가끔 그 길들이 우연의 기쁨을 선물 해 줄 때도 있었지만 지금을 어떻게 해석해야 할지 난감했다. 엄마의 사인을 알고 싶어 찾아온 곳에서 뜻하지 않게 만난 노인의 이야기가, 그리고 이 노인이 자신의 어깨를 무겁게 할 것 같은 예감 때문에 혼란스러웠다. 자꾸 넘어가는 노인의 머리를 도산이 받쳐 주었다. 꼭 감은 얇은 눈꺼풀 속에서 눈동자가 움직

이고 있었다. 앙다문 입 주위의 주름살이 씰룩거리며 뭔가를 말
하는 듯 보였다. 노인의 꿈이 어디로 달려가고 있는지 도산은 알
것 같았다.

소스라치게 놀란 노인이 주위를 둘러보았다.

"뉘기요? 내가 왜 여기서 잠들었지비?"

도산의 재킷이 툭 떨어졌다. 떨어진 재킷을 주워 팔에 걸었다.
그리고 아랫집에 세 들어 살던 정임이 아들 도산이라 했다. 노인
의 기억이 어디까지 이어질지 알 수 없었지만 도산은 자신을 설
명했다.

"아이쿠! 이 간나시키 어쩐 일로 여기까지 왔니? 어쩐 일이래
니? 난 니가 여길 잊고 사는 줄 알았디. 그게 당연허기도 허구.
니 엄마하구, 너하구 나란히 병원차에 실려갔디. 그라고 처음이
디? 아이 그러니?"

동네를 오르내리며 자기를 찾지 않았을 리가 없다는 듯 노인
은 도산에게 되물었다.

"드루와, 드러가자우."

노인이 도산의 팔을 당겼다. 도산이 사양하며 돌계단에 앉자
노인이 나란히 앉았다. 초여름, 원시의 햇살이 노인의 얼굴을 고
스란히 드러나게 했다. 까칠한 얼굴에 깊은 주름이 삶의 여정을
말하는 것 같았다. 어제 보았던 할머니의 얼굴이 거기 있는 것
같았다. 청상이었던 할머니에게 외동아들이었던 아버지는 삶의

전부였는지도 몰랐다. 며느리에게서 돌아와 늘 당신의 곁에만 있기를 바라는 기다림의 시간이었을 것이다. 그것이 어긋나기만 하는 기다림이라 해도 그래서 더 간절할 수도 있었겠단 생각이 들었다. 쓸쓸한 일이었다. 고개가 저절로 꺾였다.

"지금도 여길 오르내리면 네 엄마가 궁금해지곤 하디. 복두 없는 년. 그라고 살았는지 죽었는지 소식도 없지만, 그래두 어디서건 살아 있다면 한 번은 보고 싶었어."

노인이 눈물을 훔쳤다.

도산은 엄마의 죽음을 전했다. 노인이 무릎을 치며 울었다. 애고애고, 하는 노인의 흐느낌이 한동안 이어졌다.

"맞어, 니 엄마 이름이 정임이랬디. 나를 이모라구 불렀어. 나도 혈혈단신 월남해서 이 언덕에서 바다만 보구 살았디. 니 엄마가 친정이 없다 해서 마음이 갔어. 사는 일이 속는 일이야. 속은 것처럼 세월이 가버렸디."

도산은 노인의 기억이 걱정보다 선명한 것 같아 마음이 놓였다.

"지난밤에 우리 녕감이 왔었어. 생시처럼 반가웠디. 니 엄마도 저승에서 니 아바이 기다릴 기야. 많이 기달렸디. 고, 야박한 냥반이 니 엄말 참말로 애태웠지. 쯧."

"아니야, 기건 아니구, 네 엄마가 널 얼마나 좋아했는데 널 두고 죽간?"

자살이라는 엄마의 죽음에 노인이 펄떡 일어나며 말했다. 그냥 연탄가스였다고. 이 동네에도 기름보일러가 깔렸지만 그 방만 주인댁이 고치지 않았다고. 잠시 기거한다고 해서 있으라고 했는데 장마철이라 연탄을 한 번 넣은 게 그리 되었다고. 노인이 자기 말 믿으라며 거듭 당부했다.

"오늘 바다가 별나게 이쁘지? 우리 녕감 오면 저 호두 다 팔아서 이집 확 헐어버리고 새로 지을 거야."

집을 감싸고 있는 알싸하고 누릿한 냄새가 포대마다 담긴 호두가 산화되어 나는 것이란 확신이 들었다. 가진 지폐를 모두 꺼내 노인에게 쥐여 주었다. 노인이 사양했지만 돈을 쥔 노인의 두 손을 꼭 감쌌다.

"맛난 것 사드세요. 다시 올게요."

도산이 굽어진 골목을 빠져나올 때까지 노인이 손을 흔들었다.

몇 차례의 회의 끝에 367-5번지의 마당을 정리하는 것으로 결정됐다. 거기다 혼자 지내기에는 노인의 건강이 염려스럽다는 의견을 구청에 보고했고, 구청은 동사무소에서 정해지는 의견을 수용하기로 했다. 모든 서류는 복지과를 거쳐야 했다. 김유선은 진행 과정들을 싫은 기색 없이 해냈다. 하지만 평생을 기다림으로 버틴 노인을 설득하는 것도 쉬운 일은 아니었다.

언덕을 오르며 도산은 오늘이 마지막 방문이라 마음을 먹었다.

며칠 전 흥남 할머니는 우리 녕감이 모레 온다고 했다며 절대

비키지 않겠다며 떼를 썼다. 도산은 그날 다시 오겠다고 했고, 그때도 영감님이 안 오면 도산의 말을 듣기로 손가락까지 걸며 약속했다.

도산은 호기롭게 나무 대문을 밀치며 흥남 할머니를 외쳤다. 영감님이 오셨냐는 도산의 말에 노인은 한낮이 지났는데도 아직 안 오니… 안 오는 거지비…, 하며 말끝을 흐렸다.

"하루만 더 기둘려 보믄 아이 되니?"

깊은 눈꺼풀 속 유난히 반들거리는 눈동자가 간절함을 말하고 있었다. 도산은 흔들림 없이 약속을 회상시켰고, 지금이 그것을 지켜야 할 시간임을 말했다. 무엇보다 이제 노인의 부질없는 기다림을 끝내야 했다. 노인의 깡마른 두 손을 모아 잡았다.

호두가 든 포대들을 모두 들어냈고, 방마다 차지한 쓰레기가 치워졌다. 노인은 시에서 운영하는 양로원으로 이주하기로 했다. 떠나면서도 노인은 그 냥반이 오면 꼭 알려 달라며 신신당부했다. 도산은 호두가 익으면 양로원으로 가져가겠다는 말로 노인을 달랬다.

텅 빈 마당을 늙은 호두나무가 내려다보고 있다. 나무를 쓰다듬었다. 나무만은 노인의 그리움을 기억하겠구나 싶었다. 어쩌면 엄마의 기다림도 지켜보았을 것이었다. 폰을 꺼내 문자 메시지를 열었다. 수신인에 김유선의 번호를 올렸다. 여행은 즐거운

지, 오늘 흥남 할머니가 이사했다는 것과 잘 다녀오라는 인사였
다. 보내기를 하려다 창을 닫았다.

모처럼의 여행이라며 연차를 낸 김유선의 책상이 이틀째 비어
있었다. 결코 의도하지는 않았지만 자신의 시간 속에 김유선이
또 하나의 보도블록처럼 꼭 맞춰지고 있음을 도산은 눈치 채지
못했다. 단지 김유선의 출근 날을 헤아려 볼 뿐이었다. 세탁한
손수건을 돌려주기엔 아직 유효한 시간이란 생각이 들었고, 밥
이라도 한 그릇 해야겠다는 맘이 뒤따랐다.

바람이 불고, 흔들리는 잎들이 여기로 오라는 흥남 할머니의
손짓처럼 보였다. 심어 가꾸고, 맺은 열매를 추수했던 이는 마당
을 떠났다. 기다림은 이제부터 나무의 몫일까. 이 집의 등기에
도산은 자신의 이름을 올렸다. 흥남 할머니의 양로원 입소비는
그렇게 해결됐다. 나머지는 흥남 할머니 이름으로 통장을 만들
었다. 김유선이 여행에서 돌아오면 이 집의 쓰임에 대해 얘기해
봐야지. 막연한 기대가 현실이 되길 바라는 맘. 그것도 기다림이
겠지.

도산이 낮은 대문을 여미고 빗장을 걸었다.

전화가 울렸다.

"나, 김 선장이요."

도산이 이마를 짚었다. 털썩, 의자 등받이에 몸을 던졌다.

볼륨을 낮춰 달라는 부탁을 남편은 귓등으로 듣는 것 같았다. 언젠가부터 퇴근 후에 소리를 잔뜩 키워놓곤 줄곧 게임만 하는 남편이 고울 리가 없었다. 어쩌면 소리는 그래서 더 거슬렸을 것이다. 방문일지를 정리하던 손을 멈추고 노트북을 들었다. 결혼 이십 주년을 넘겼다는 건 아쉬운 사람이 피하는 것이 상책임을 알만한 시간이었다. 폰에 애플리케이션이 깔린다니 그때는 노트북을 사용하는 것도 그만이겠다 싶었다.

내가 일어서니 남편은 텔레비전을 켰다. 일지를 쓴다며 한 시간 이상을 독수리 타법으로 노트북 앞에 앉아 있는 내가 남편은 더 답답한 것 같았다. 타자 연습이나 제대로 좀 하란 잔소리가 이어지다 볼륨으로 시위라도 하는 것 같았다.

'다락방'이란 단어가 실린 노랫말이 건넌방까지 들렸다. 다시 이영이 생각났다. 모니터를 멍하니 보며 낙지를 떠올렸고, 그 생생한 기억은 이영의 다락방으로 이어졌다.

"머리 좀 봐. 내장까지 보여."

학교 가까운 곳에 바다가 있었다. 교칙으로 바닷가 출입금지가 있었다. 이영과 하굣길이면 바닷가로 향하곤 했다. 말하자면 교칙을 어긴 거였다. 오후의 바다는 한적했다. 늘 한적할 것만 같았던 바닷가는 우리가 고등학교에 진학 할 즈음 아파트가 들어서더니 어느새 높은 건물들에 둘러싸였다.

광활하다고 생각했던 바다 위로 다리까지 뚝딱 놓았다. 그것이 몇 년에 걸쳐 계획되고 실행됐는지 알 순 없지만 적어도 내겐 그랬다. 당황스러운 변화가 익숙해지기 전에 전국에서 관광객이 몰려왔다. 그때는 상상조차 할 수 없는 광경이었다. 일층 복도에서도 오후의 눈부신 윤슬이 보였으니까.

바닷가 한 귀퉁이 해산물을 파는 난전에서 우리의 산책은 끝났다. 늘 그랬다. 빨간 대야에 낙지니, 고둥, 해삼 같은 것들이 담겨 있었었다. 이영과 나는 교복 치마를 훔치고 앉아 꼬물거리는 그것들을 한동안 구경했다.

그날 이영은 다시 바다 쪽으로 나를 끌고 갔다. 그리고 교복 주머니에서 낙지를 꺼냈다. 놀란 나는 짧은 비명을 질렀고, 이영은 웃었다.

"훔쳤니?"

"아니, 탈출시키는 거야."

나는 도둑질과 탈출의 차이를 헷갈려 하며 돌려줘야 하는 건 아닐까 갈등했다.

"너무 투명해. 투명해서 제자리로 보내고 싶었어. 바다로."

손바닥에서 꿈틀대는 어린 낙지를 보는 이영의 얼굴이 더 투명하다고 생각했다. 내게 있어 이영에 관한 모든 기억은 투명했고, 그래서 기억 그 너머에서 나를 보아도 나는 나밖에 보이지 않았던, 그런 것일 수 있었다.

우리는 바닷물에 낙지를 넣어줬다. 회귀하고픈 강하고도 끈질긴 욕망이 바다의 저항을 견디는 모습을 봤다. 처음에는 얕은 바다의 모래 속으로 기어 들어가는 듯 했지만 파도가 크지도 않았는데도 이기지 못하고 바다로 쓸려갔다. 우리는 그것이 물과 섞여 투명해질 때까지 서 있었다. 덕분에 운동화가 흠뻑 젖었다.

지금 생각하면 낙지는 결코 돌아가지 못했을 것이다. 바위도 없었고, 모래가 깔린 바다는 여린 생명체가 견딜만한 조건은 아니었다. 우리는 '훔쳤다'란 생각은 깡그리 잊고 하나의 생명을 구했다는 벅찬 생각에 스스로를 대견스러워 했다.

시간이 지나 나는 어른이 됐고, 결혼도 했고, 아이도 낳아 그 아이와 사춘기보다 갱년기가 더 세다며 싸우기도 한다. 투명하고 축축했던 그것을 잡았을 때의 느낌이 생생해지며 지난밤이 생각났다.

오, 축축한데 좋아.

남편은 오랜만에 당신 덕에 흥분했다고 했지만 나는 감정이 없었다. 단지 머리 밑까지 땀으로 흥건했다. 밤이면 잠옷을 갈아입어야 할 만큼 땀에 젖었다. 끙끙대다 미끄러지듯 내려가는 남편을 제치고 속옷을 갈아입었다. 몸속의 수분이 증발하는 것 같아 오히려 건조해지는 것만 같았다.

땀이 솟을 것만 같다. 이런 생각은 왜 드는지 손바닥은 평소보다 붉었다. 오른손의 검지와 장지가 좀 떨리는 것 외엔 변화가 없다. 하지만 어느새 손바닥은 땀으로 젖었고, 나는 자연스레 바지로 손이 갔다. 면이라는 소재가 땀 흡수는 효과적이지만 탈색은 금방이었다. 색을 잃어가는 속도가 땀을 닦아내는 것에 비례하는 것 같았다.

그날 우리는 축축하게 젖은 운동화를 신은 채 이영의 집으로 갔다. 같은 버스 정류소를 이용했지만 방향은 완전히 달랐다. 큰길에서 왼쪽 비탈길을 올라 몇 번 골목을 돌면 작은 구멍가게가 이영의 집이었다. 흔했던 '슈퍼'라는 간판조차 없었다. 이영의 어머니가 방문을 활짝 열며 맞아주었다. 문은 격자무늬문살 사이 한 곳을 도려낸 자리에 투명유리가 붙어 있었다. 매대 위에는 흔히 불량식품이라 말하는 주전부리들과 새우깡 같은 간단한 스낵 과자가 진열되어 있었고, 매대 아래에 모두부와 콩나물이 시루째 있었다.

이영은 당연하다는 듯 먼저 다락에 올랐다. 다락방으로 올라가려면 경사가 급한 사다리를 올라야 했다. 나는 철봉에 매달리다시피 힘을 주어 오르면서도 벽 전체를 차지하고 있는 피아노를 보느라 발을 헛디딜 뻔했다. 까만 포마이카 외장은 오래전에 유행이 끝난 거였다. 위엔 색 바랜 기타케이스가 있었다. 처음에는 흰색이었을 것 같았다. 식구 중 누군가 음악을 좋아하는 사람이 있다고 짐작했다. 지붕이 낮은 다락이었다. 허리를 펴지는 못했지만 앉아서 수다를 떨기에는 오히려 아늑하게 느껴졌다. 아파트였던 우리 집 구조와 완전히 달라 약간 흥분했던 것도 같다. 기타는 누가 치느냐는 내 물음에 이영은 아버지가 음악을 좋아하고 자신도 피아노를 친다고 했다. 정식으로 배우지는 않았지만 그냥 하게 됐다며 별거 아니라 했다. 기초부터 꼼꼼히 배워야 한다는 평소의 선입견을 가진 나로서는 '그냥 친다'는 이영이 신기했다. 한 번쯤 이영의 피아노 치는 모습을 보고 싶었지만 보지는 못했다.

육중해 보이는 피아노가 있기에는 작은 방과 조촐했던 살림살이 때문에 기억은 더 선명할지도 모른다. 집보다는 고급 승용차를, 밥은 굶어도 화려한 화장을, 비싼 사글세를 지불하면서도 큰 집에 사는 사람들처럼 말이다.

우리는 이영 어머니가 다락 위로 올려준 과자를 먹으며 스피노자에 대한 이야기를 했다.

스피노자? 나는 되물었지만, 그건 전혀 모른다는 뜻이었다. 초등학교 졸업 후 첫 여름이었고, 말하자면 열세 살이었던 내가 알 수 있는 사람이 아니었다. 오늘 인류가 멸망해도 내일 사과나무를 심겠다고 한 사람 말이야, 라고 이영이 말했을 때 비로소 그 말을 한 사람이 스피노자임을 알아차렸다.

그날 우리는 지구가 멸망하더라도 오늘 할 일들에 대해 얘기했지만 열세 살의 상상력을 벗어나지 못한 것들이었을 것이다. 하지만 이영의 상상력은 나이를 훨씬 웃도는 것이어서 어른 같았다고 기억한다.

"선생님, 사과나무 한 그루 심는다고 생각하면 어떨까요?"

나는 노동운동을 한다는 금수경의 질문이 어떤 의도인지도 대번에 알아차렸다. 그러니까 열매를 얻으려면 나무부터 심어보자는 것이었다. 그걸 당신이 해보라는 것이었다.

노인 돌봄 사무실은 현장에서 일하는 보조원들의 핸드폰에 위치 애플리케이션을 까는 문제로 몇 며칠 어수선했다. 독거노인 보조원은 거의 장년의 여성들이었다. 이미 경험이 있는 사람들이었고 신입 보조원들은 그들보다는 어렸다. 독거노인이 자신을 위한 일을 스스로 할 수 있도록 도움을 주는 것이 주 업무였는데 돌봄 전용 앱을 깔아 실시간으로 개인의 움직임을 파악한다는 것이었다. 편리한 관리를 위한 것이라는 건 사무실의 입장이었고 일거수일투족을 감시 감독할 만큼 믿지 못한다는 것 아니냐는 것이 보조원들의 입장이었다.

변화가 있다는 건 어떤 형태든 또 하나의 바람이 분다는 것 같았다. 그것이 발전이라고 말하는 이들은 관리자나 사용자들이란 생각이 들었다. 금수경을 만난 건 노조 활동을 하는 친구에게 사무실 얘기를 한 다음 날이었다. 명함에는 '돌봄 노동연대 사무국장'이라는 직함이 찍혀 있었다.

지금의 시작이 결국 많은 열매를 맺는 시기가 올 거예요. 힘을 발휘할 수 있는 것은 조직이 움직일 때만 가능합니다.

금수경은 내게 에너지를 주고 싶어 했다. 지긋이 바라보는 눈빛과 야무진 입매가 그랬다. 나는 에너지가 많은 사람 옆에 있으면 이상하리만큼 힘을 잃곤 했다. 금수경이 강해보일수록 피로감과 무력감이 덮치는 것 같아 일찍 자리를 뜨고 일어났다. 다시 생각해 보라는 금수경의 말이 따라 붙었다.

금수경과의 만남부터였던 것 같다. '사과나무 한그루'를 금수경이 꺼냈을 때부터였다. 던져두었던 빈 화분에 어딘가에서 날아온 풀씨가 싹을 틔우듯 이영에 대한 기억들은 여리고 아프게 솟아났다. 기억의 저편으로 오랫동안 밀쳐놓았던 것들이었다.

이영과 나는 가끔 소극장을 찾아 영화를 보기도 했고, 우리 집에서 비디오를 빌려 보기도 했다. 물론 집이 빌 때였다. 영화관도 바닷가처럼 출입 금지 구역이었지만 이영과 나는 금지된 것을 해보는 용감한 소녀들처럼 굴었다. 다락방에 누워 영화 속의 인상적인 장면이나 기억에 남는 줄거리를 얘기했는데 지금도 기억나는 것은 '사바나'라는 오래된 비디오테이프였다. 유달리 검은 비가 많던 화면 너머에 사바나라는 드넓은 초원이 펼쳐졌었다. 초록 평원이 숨긴 약육강식이나 아프리카 오지의 사람들을 소개한 것이었다. 우리는 마지막 장면을 가장 길게 이야기했다. 사자가 평소에 먹이로 삼던 작은 동물한테 쫓기는 것이었다. 사바나라고 힘 있는 동물이 언제나 이기는 것은 아니다, 라는 뜻의 내레이션이 마지막이라 기억한다. 나는 왠지 연출된 것 같은 장면이 사실성이 없는 것 같다고 했지만 이영은 그럴 수 있다고 했다. 힘이 없다고 늘 지겠냐는 것이었다. 쌍둥이 남동생과 싸우면 대체로 지는 편이지만 정말 힘을 내서 독하게 덤비면 자기가 이긴다며 웃었다.

도영이었다. 이영과 쌍둥이 남동생 이름이.

잊어버리는 것들이 급속히 늘면서 기억력에도 임계점이 있다고 확신했다. 뇌에도 갱년기가 온 것 같았다. 가끔은 새겨놓은 듯 선명한 기억이 일어서곤 했는데 도영이 그랬다.

이영은 때때로 동생에 대한 정보를 내게 주었지만 결코 유쾌한 건 아니었다. 하지만 지금 생각하면 그것이 동생에 대한 애증이었음이라 이해한다. 우리를 고운 시선으로 본적 없는 도영은 성인이 되어서는 정신 요양 시설에서 퇴원하지 못하는 이영을 보살폈다고 한다. 이영이 있는 요양 시설에 전화를 했을 때 주보호자가 김도영이고 이영과 남매란 이야기를 들었다. 내 연락처와 꼭 연락 바란다는 메시지를 남겼지만 도영으로부터 연락은 없었다. 이영에 대한 마지막 안부였다.

발버둥 쳐도 안 될 것 같아. 오를 수 없을 것 같아.

유달리 검었던 눈동자에 물기를 가득 담고 했던 이영의 말과 시선이 체념이었다는 것이 이해됐다. 너무 늦은 이해였다. 시간의 곳곳에 놓였던 체념들은 허들 같은 거였다. 조금 높거나 낮은. 그리고 다시 내게 놓인 그것을 결코 피할 수 없다는 기시감에 이영과의 기억은 도깨비바늘처럼 들어붙었다.

결국 모든 보조원들의 폰에 애플리케이션이 깔렸다. 힘 있는 동물이 언제나 이기는 것은 아니었지만 대체적으로는 이기는 것이었다. 나무 모양의 앱은 노인들의 그늘이 되어 주겠다는 의미 같았지만 보조원들에겐 나무 뒤에 감시자가 있는 것 같았다. 동료 P는 컴퓨터에 각자 동선이 붉은 점으로 기록되고 있다고 말했다. 우리 모두는 설마, 했지만 본인이 확인한 바 있다고 했다.

삼 분마다 위치가 찍힌다고 했다. 첫 회의 때 어떤 보조원이 대상자 집에서 몇 미터 떨어져 있었는지가 발표되었다. 그리고 그것에 대한 사유서를 제출해야 했을 때 우리는 P의 말이 맞았다는 것을 인정했다.

나는 앱이 깔리고 두 번째 회의에서 사유서를 써야 했다. 김노인의 집을 방문했을 때였다. 노인은 찐 계란을 내왔고, 껍질까지 까서 내게 건넸다. 깐 계란을 건네는 그녀의 손이 빨리 받으라는 듯 몇 번 흔들렸다. 그녀의 거친 손마디를 보면서 차마 거절하지 못하고 받아들었다. 완숙된 계란을 마지못해 한 입 베어 삼켰다. 답답한 속을 어쩌지 못하고 가방 속의 생수병을 꺼내 들이켰다. 올라오는 트림을 애써 삼켰다. 계란 비린내가 훅 받쳤다.

"선생님은 왠지 어두워 보여. 무슨 걱정 있수? 지난번 사람은 참 멋쟁이셨어. 제법 사는 사모님인가 봐."

계란을 어떻게 소화 시켜야 하나를 생각하는 동안 노인은 으레 사람을 비교하는 것쯤이야 별것 아니라는 듯 주르르 뱉어냈다. 나는 떨떠름한 기분으로 두 번째 베어 문 계란을 어떻게든 삼켜야 했다.벌써 수차례 듣는 소리여서 어떻게 대응해야 할지가 떠오르지 않았다. 다시 말하면 나는 행색이 초라하다는 뜻이었고, 제법 산다는 범위에서는 벗어난다는 것을 계란과 함께 되새김질해야 할 판이었다.

내 얼굴을 빤히 보며 노인이 걱정이라는 듯 말을 이었다.

"하긴, 돈벌이가 쉽지 않지? 집집마다 돌아다녀야 할 텐데 이렇게 일하면 한 달에 노임은 얼마나 받수?"

졸지에 먹고 살기 힘들어 일하러 나온 가엾고 딱한 여자가 되어 버렸다. 하긴, 틀린 말도 아니었다. 몇몇 회사를 옮겨 다니던 남편은 중소기업에 자리를 잡았다. 승진엔 욕심 없다고 습관처럼 떠들더니 말단으로 퇴직이 목전이었다. 남편 퇴직 후 의료보험 혜택이나 보려고 지원했고, 미미한 사회생활조차 없었던 내가 어쩌면 제대로 해보겠다고 시도한 직장이었다.

노인 돌봄 보조원 모집공고가 떴을 때 신나한 건 남편이었다. 자기소개서를 이렇게 쓰라니 저렇게 쓰라니 훈수를 두었고, 접수서류 일체를 준비해 줬다. 시급이 아니고 월급이라는 것 때문에 지원하는 주부들이 제법 많았다. 백 명이 넘는 지원자 중에 선정됐을 때 설렐 만큼 좋았던 것도 사실이었다. 나는 긴장했고, 남편은 들떠있었다. 잘했어, 잘했어 내가 도와줄게, 설레발을 쳤다. 하지만 계약이 유지되어도 최저시급이 봉급의 기준이었고, 금수경 말마따나 단시간 계약직이기 때문에 노동자로서의 권리 같은 건 물 건너 얘기였다.

목이 늘어난 노인의 파란색 티셔츠에 표백제가 튀었는지 여기저기 탈색된 것을 보며 혼자 경제를 꾸려가는 김경숙을 떠올렸다. 지난해 이곳을 담당한 노인 생활 보조원이었다. 보조원들 사이에도 멋쟁이로 정평이 나 있었지만 돈을 빌리러 다닌다는 소문이 돌고 있었다.

나는 애써 웃으며, 그렇게 생각하셨구나, 이 일이 돈만 보고 할 수 있는 일이 아니라며 얼버무렸다.

노인의 집을 나설 때 권역 단톡에 알람이 울렸다. 선임 보조원의 호출이었다. 좁고 가파른 골목을 내려오며 내용을 확인했다. 가까운 카페에 몇 명 보조원이 모였으니 참여하라는 것이었다. 이동시간을 아끼면 잠시 들려도 되겠단 생각이 들자 마음이 급했다.

카페엔 이미 동료 보조원 몇 명이 얘기 중이었다. 아이스커피를 주문하고 폰 케이스를 열었다. 케이스에 꽂힌 카드를 꺼내다 시선을 끄는 빨간 점 하나에 얼굴이 후끈 달아오르는 것 같았다. 나무 모양의 어플에 빨간불이 열매처럼 켜져 있었다. 서둘러 누르는 종료 버튼 위에서 땀에 젖은 손가락이 미끄러졌다.

대상자로부터 740미터 떨어진 곳이었다. 더구나 카페에서의 종료는 절대 불가라 했다.

사유서를 쓰는 손이 미세하게 떨렸다. 뭐가 두려운가, 라는 물음을 스스로에게 던졌다. 재계약? 시간의 일부가 들켰다는 것? 보이지 않는 무언가가 나를 지켜본다는 것? 나는 숨김없는 사유서를 써 내려갔다. 그럴 수밖에 없는 사정도 썼다. 마지막으로 이런 '실수'라고 쓰다가 '잘못'이라 고쳤고, 하지 않겠단 술어로 글을 맺었다. 땀의 흔적으로 여기저기 얼룩진 사유서를 팀장에게 넘겼다. 손바닥을 비볐다. 손바닥에 수막현상이 생긴 듯 미끄러졌다. 펜을 쥐느라 애썼다는 게 느껴졌다.

다한증이란 병명을 진단 받았다. 의사는 이차성은 아닌 것 같다며 좀 더 지켜보자고 했다. 땀은 이유 없이 흘렀다. 차나 물을 수시로 음용하라는 의사의 조언에 충실했다. 연근물이나 홍차를 엷게 우려 마셨다. 입맛에 딱히 맞는 건 아니었지만 원인 모르는 질환에 딱 맞는 처방도 없었다. 대사를 거친 수분은 모조리 몸밖으로 배출되는 것 같았다. 소변양은 줄었고 피부는 배출을 위한 준비가 되어있는 것 같았다. 잦은 갈증에 몸은 메마르고 있었다. 땀구멍이 열릴 때면 몸속에는 사막이 만들어지는 것 같았다. 그곳에 바람이 불기 시작했다. 걸을 때마다 서걱거리는 모래 소리가 들렸다. 모래는 시계가 되어 몸속에서 흘러 다녔다. 아래로 위로 쏟아지며 몸의 시간을 관장했다. 입속까지 모래가 씹혀 밥을 삼키기가 힘들었다. 땀을 닦아낼 때마다 나는 건조해지는 것 같았고, 몸속의 점액질을 소진하며 말라가는 연체동물이 되는 것 같았다. 집을 잃고 말라비틀어진 달팽이를 상상했다. 지나온 흔적만 희미하게 남아 있는.

애플리케이션이 깔리고도 사용을 거부하는 보조원들이 있었다. 이들은 회의 때마다 논쟁의 중심이 되었다. 복지부에서 직접 운영하는 프로그램으로 일지를 쓰겠다고 주장했다. 어쨌든 하루

일과를 보고하면 되지 않느냐는 것이었다. 담당 팀장은 애플리케이션을 깔면 다섯 시간 근로가 정확해지고, 현장에서 핸드폰으로 바로 일지를 쓰므로 편하다는 것을 강조했다. 하지만 문제는 삼 분마다 생활 보조원들의 위치 추적이 된다는 것이었다.

"다섯 시간 근로가 정확해진다는 건 보조원들이 다섯 시간 일을 안 한다는 전제가 깔린 것 아닙니까."

선임 보조원의 말이었다.

금수경을 만난 후 왠지 불편했던 맘이 선임 보조원의 말에 속이 좀 가라앉는 것 같았다. 여기저기서 수군거림이 들렸다.

"선생님, 그런 것은 아니에요. 오해입니다. 선생님들의 편의를 위한 것인 줄 모르겠어요?"

"그럼 위치 추적은 왜 하는 것입니까. 이런 식의 인력 관리는 노동을 수동적으로 만드는 것입니다. 누군가 나의 위치를 수시로 파악한다고 느끼면서 일을 한다면 정말 기분이 더러워요. 노인들이 대상이어서 진심으로 일한 모든 시간들이 무시당하는 느낌입니다."

"선생님, 이미 정해진 일이에요. 전국이 다 시행하구요. 진행 중인 곳도 있어요. 우린 늦은 겁니다!"

팀장이 목소리를 높였다.

"그럼 데이터 사용을 위한 폰을 센터 측에서 준비해 주세요. 배터리도 빨리 소모되고, 데이터도 쓰게 되는데 개인 폰을 사용

할 수 없습니다."

선임 보조원의 말에 팀장이 그럴 수 없다며 선을 그었다.

회의가 끝나자 사무실은 보조원들의 웅성거림으로 어수선했다.

"하라면 하면 되지 뭔 소리가 그리 많아. 그게 뭐가 중요해. 돈이 장땡이야. 모두 돈 벌러 나온 거 아냐?"

김경숙이 삿대질까지 해대며 큰 소리로 말했다. 선임 보조원은 얼굴이 붉어진 채 자리를 뜨지 못하고 있었다. 나는 선임 보조원 곁으로 가려다 돌아섰다. 팀장이 그를 향하고 있었다.

초봄의 저녁은 쉽게 어두워졌다. 예상보다 길어진 회의 때문인지 시동 거는 소리가 거칠게 들렸다. 서둘러 주차장을 빠져나가는 차들을 보면서도 자리를 뜨지 못했다. 핸들을 잡은 채 맞은편 건물의 불 켜진 창들을 봤다. 마지막 어딘가에 점등이 되는 걸 보며 그것이 신호라도 되는 양 시동을 걸었다.

사유서를 쓰던 날 저녁 나는 벼르고 있던 말을 남편에게 꺼냈다. 나름대로 상황을 잘 설명한다고 생각했다. 따라서 노조의 필요성에 대해서도 충분히 설득을 한다고 믿었다. 조용히 듣고 있는 남편을 보며 첫 번째 아군이 생기는 것 같아 목소리에 힘이 들어가기도 했다. 그래서? 라는 남편의 물음에 그렇게 해 보고 싶다고 했다. 대답이 떨어지기가 무섭게 남편은 딱 잘라 말했다. 어쩌면 내 대답보다 남편이 먼저 말했을 수도 있다. 이딴 일에 무슨 노조냐며, 쓸데없는 짓 하지 말고 입 닫고, 일 복잡하게 하지 말라는 거였다. 나는 금수경이 말한 것을 남편에게 그대로 전달했다. 남편은 사과나무 같은 소리 하네, 어떤 놈이 당신의 허세를 단단히 건드렸구만 하며 텔레비전 리모컨을 신경질적으로 눌러댔다.

팀장의 단호한 태도에 남편이 한 말까지 생각나 목까지 차오르는 화를 삼켰다.

남편이 말한 '허세'와 이영이 말한 '허세'가 오버랩 되며 주차장을 빠져나왔다.

졸업을 앞둔 어느 날, 이영은 우리가 얼마나 허세 속에 사는지에 대해 말했다.

"바다만 바라보며 사는 게 멋질 것 같지? 심심해 죽어."

이영의 아버지는 등대지기였다. 이영은 바다 위를 비추는 등대를 보는 것은 정말 멋질 것 같았다고 했다. 조르고 졸라 아버지가 근무하는 섬으로 갔다고 했다. 하지만 삼일 만에 돌아왔는데 텔레비전이 보고 싶어서라고 했다.

"왜? 갯바위에서 고둥도 잡고 바닷가를 산책하면 멋질 것 같은데…."

나는 평생에 출장 한 번 가지 않는 아버지가 늘품 없다고 생각했고 등대지기 아버지를 둔 이영이 진심 부러웠다.

"우리가 문명 무시하지? 그거 막상 떠나보면 엄청 그리워지는 거다 너. 자기도 모르게 완전 젖어 있거든. 떠나봐야 알아. 우리가 얼마나 젖어서 사는지."

나는 이영의 말에 동의할 수 없다고 답한다. 문명은 젖어 사는 것이 아니라 나의 모든 움직임을 알고 있는 존재가 되었다. 어쩌면 이영과의 기억만이 누구에게도 발각되지 않는 알량한 낭만 한 줌이고, 나만의 허세인지도 몰랐다.

우리는 서로 다른 고등학교로 진학했다. 하지만 이영은 얼마 다니지 못하고 자퇴했다. 이영어머니는 자퇴를 만류했다고 한다. 성적도 좋아서 얼러도 보고 달래도 봤지만 등교한 아이가 파마를 하고 집으로 들어서는 것을 보고 포기했다고 했다.

이영은 신발공장에서 일했다. 왜 하필 신발공장이냔 내 질문에 단순노동을 하고 싶다고 했다. 가끔 우리가 만나면 노동환경의 부당함과 노동의 가치에 대한 얘기를 했다. 퇴근을 할 때면 가방 검사를 한다고 했다. 공장 부품을 가져가는 좀도둑을 잡기 위한 거라고 했다. 허락도 없이 파우치 백을 열어 터는 통에 땅에 떨어진 생리대를 주울 땐 정말 기분이 더러웠다고. 파우치를 열지 않으려 옥신각신했다는 이영의 현실은 내겐 막연한 이야기였다. 이영이 신발 공장을 전전하다 마지막으로 일한 곳은 기타 공장이었다. 외국 브랜드 하청 공장이라고 했다. 이영은 그곳을 썩 마음에 들어 했다. 무엇보다 혼자만의 노동영역이 있어서 정말 좋다고 했다. 정말 좋다고.

나는 이영이 빨리 돈 벌고 싶어 하는 이유를 물어보지 못했다. 대학을 나온 아버지가 한때는 잘 나가는 재야 인사였다는 것은 알았지만 왜 등대지기였는지도 묻지 못했다. 오래된 기억은 다시 알고 싶은 무엇으로 탱탱해졌다.

우리는 주로 이영이네 집에서 만났다. 이영의 자퇴 후에도 나는 꾸준히 이영의 집을 찾았는데 딱 한 번 시내에 있는 서점에서 만나기로 한 적이 있었다. 대학을 진학하고 동아리 활동이니, 아르바이트니 쫓아다니던 때였다. 어쩌면 서점에서 만나자고 제안했던 나야말로 허세에 절어있었는지 모르겠다.

서점 앞은 약속한 사람들로 북적였다. 시내 한복판에 있었던 서점은 바로 앞이 버스정류장이기도 해서 약속 장소로 유명한 곳이었다. 버스에서 내리는 사람들을 확인하며 기다리기도 했지만 서점 안으로 들어가 책을 뒤적이며 기다리는 사람도 많았다. 나는 실내를 어슬렁거리다 문학 코너에서 책 한 권을 뽑았다. 안톤 체호프의 귀여운 여인. 약속 시간보다 내가 일찍 도착했으므로 이영이 도착하면 다가와 어깨를 툭 치리라 생각했다. 하지만 내가 책을 다 읽도록 이영은 오지 않았다. 마지막 페이지를 덮으며 책을 다시 꽂아 놓을 수도 없어서 책값을 지불하고 나왔다.

지난번 이사에서 '귀여운 여인'은 버릴 것에 던져져 있었다. 남편이 던져 놓은 거였다. 내가 다시 버리지 않을 것에 포함시켰을 때 남편의 좁쌀영감 잔소리가 늘어졌지만 내겐 이영을 추억할

유일한 물건이었다. 표지는 물론이고 책장도 누렇게 단풍이 들어 있었다. 그렇게 낙엽 같은 기억을 챙겼다.

이후 이영을 한동안 만나지 않았던 것으로 회상한다. 이영과의 어긋났던 약속조차 잊고 있던 어떤 여름날 나는 다시 이영의 집으로 갔다. 이영은 청바지에 티셔츠 차림으로 책을 보는 네가 너무 예뻐 보였다고, 내가 네 옆에 서면 너무 초라할 것 같았다고, 그래서 그냥 왔다고 했다. 나는 위로를 해야 할지, 사과를 해야 할지, 화를 내야 할지를 몰라서 넌 왜 그렇게 살이 쪘냐고 물어버렸다. 이영은 평소의 두 배라고 느낄 만큼 몸집이 커져 있어서 보는 순간 당황한건 나였다. 이영은 정신과 치료를 받는다고 했다. 약을 먹는데 잠이 계속 온다고 했다. 자도, 자도 잠이 와서 약을 끊고 싶은데 병원 측에서 계속 복용을 해야 한다고 했단다.

"왜?"

나는 우습게도 내가 너무 예뻐 보였냐며 눈을 크게 뜨고 물었다. 그런 내가 이영도 우스웠는지 웃었고, 우리는 한참을 그렇게 깔깔거렸다.

"나는 왜 이렇게 가난할까. 너무 초라해서 사라져버리고 싶어."

나는 이영의 물음에 답을 찾지 못했다. 그냥 나도 그래, 라고 했고 이영은 네가 정말 빛나 보인다고 했다. 나는 몹시 부끄러웠다.

지금 생각하면 훌륭할 만큼 그림을 잘 그렸던 이영을 칭찬하지 못했던 것. 나보다 성적이 월등히 좋았던 이영을 질투했던 것. 공장에 다니는 이영을 좀 더 깊이 이해하지 못했던 것. 어쩌면 그런 친구 앞에서 알량한 대학을 진학한 내가 너무 당당했던 건 아닐까라는 순간적 반성 같은 것일 수도 있었다.

집으로 돌아오는 내내, 이영이 했던 말이 생각났다. 지금도 그 기억은 생생하다.

초라해서 사라져버리고 싶어.

이영은 얼마만큼 오르고 싶었을까. 나는 지금까지 오르고 싶은 적이 없었다. 오르기는커녕 가라앉지 않기를 바랄 뿐이었다. 남편이 이직을 할 때마다 맘 졸인 건 나였다. 뜬구름 잡는 식으로 사업을 하겠다는 남편을 설득할 때는 피가 마르는 것 같았다.

폰에 보조원 전용 애플리케이션이 깔리면서 세상은 두 개로 나뉘는 것 같았다. 깔리는 층과 그것을 관리하는 층으로.

아주 오랜만에 이영의 집을 찾았을 때 이영 어머니는 이영이가 입원했다고 했다. 정신병원에. 자해를 한다고 했다.

노인들의 말을 들으며 땀을 닦아내는 일이 곤혹스럽기 시작했다. 거기다 목이 말랐다. 준비해간 물을 운전 중에도 틈틈이 마셔야 했다.

오늘 노인은 또 찐 계란을 내왔다. 지난번에 계란을 잘 먹는 것 같아 준비했다며 활짝 웃는 노인의 눈이 주름에 함몰되는 것 같았다. 나는 정말 더 이상은 계란을 먹을 수 없었다.

선생님들, 할머니들이 주는 음식 드시지 마세요. 계란을 줬더니 두 개씩이나 먹더라며 굶고 다니냐고 해요. 업무회의에서 사회복지사의 말이었다. 그러면서 어르신들 돌아가시지 않도록 조심하세요, 라며 노인 관리를 강조했다. 나는 보조원들이 조심하면 노인들이 천년만년 살 것처럼 들려 쓴웃음을 삼켰다.

노인이 주는 계란을 어르신 드시라며 밀어냈지만 기어코 껍질까지 까서 주는 것을 거절하지 못했다. 입안에서 계란 비린내가 가시질 않았다.

물을 다시 들이키는 순간 역류하는 계란 비린내를 참을 수가 없었다. 바람을 쐬면 나을 것 같아 둔덕 쪽으로 차를 급히 세우고 내렸다. 초여름 오후의 공기는 탁했고, 난사되는 햇살이 답답했다. 멀미를 일으키는 것 같았다. 울컥 올라오는 덩이를 참지 못하고 잡초 무성한 둔덕에 고개를 파묻고 게워냈다. 머리카락을 타고 땀방울이 뚝뚝 떨어졌다. 모래알이 씹히는 입에 계란과 물을 삼킨 것이 비위를 상하게 한 것 같았다. 차로 돌아와 생수를 들이켰다. 빈 생수병을 구겨 뒷좌석으로 힘껏 던졌다. 생수병이 뒤 차창에 부딪혀 떨어지는 소리가 들렸다. 손수건을 꺼내 얼굴을 닦았다. 손수건은 이제 필수 소지품이었다. 파운데이션과 눈물과 땀이 한꺼번에 묻어나왔다. 바깥 풍경이 흔들리며 시야가 아득해졌다. 눈을 감고 핸들을 잡은 채 고개를 숙였다. 핸드폰이 울렸다. 선임 보조원이었다. 무슨 일 있냐며 전화를 안 받아 걱정했다며 잠깐 보자고 한다. 차를 돌려 선임 보조원이 말하는 카페로 갔다. 낯익은 몇 명의 보조원이 이미 와 있었다.

콜드브루를 주문하자 종업원이 콜드브루는 아이스 밖에 없다고 했고, 나는 알고 있다고 했다. 내가 '콜드'라는 말도 못 알아먹을까봐 확인하는 것 같아 기분 나쁘단 말을 딸에게 했을 때 그건 손님을 응대하는 매뉴얼이란 말을 들었다. 매번 같은 말로 안내하는 종업원이 힘들겠다는 생각을 처음 했다.

말을 꺼낸 건 신입 보조원 전도영이었다. 전도영은 앱에 대한 말로 시작했다. 사무실에서 자신의 동선을 확인했는데 삼분마다 위치가 잡히는 것이 아니고 실시간 선으로 나타난다고 했다. 같은 아파트 내에도 동을 옮길 때마다 선으로 나타나 자신이 움직인 동선이 그대로 기록된다고 했다.

확인은 안 해봤지만 화장실을 가면 그것조차 기록되겠단 생각이 들었다. 일이 진행되는 동안에는 어떻던 모든 움직임이 컴퓨터에 기록이 될 것이었다. 지금 카페에 있는 사람들도 마음만 먹으면 사무실에서 바로 확인 가능하다는 얘기였다.

"이 정도면 심각한 것 아닙니까? 이렇게 가만히 있어야 하나요?"

전도영의 말에 모두 고개만 끄덕일 뿐이었다.

대기 벨이 진동했다. 커피를 받으러 갔다. 나는 선 채 얼음이 든 음료를 몇 모금 들이켰다. 차가운 액체가 식도를 타고내리며 매슥거림이 진정되는 것 같았다. 자리로 돌아와 노조 가입에 대한 얘기를 해 볼까했지만 말을 먼저 꺼낸 건 선임 보조원이었다.

"선생님, 그러니까 우리의 결백함이 모니터에 다 나타나는 것 아니겠어요."

나는 잔에서 입을 떼고 그를 봤다. 지난번 회의 때, 일의 자율성과 센터 측에서 업무용 폰을 지급해야 한다고 했던 사람이 맞나 싶었다.

"우리가 열심히 일을 해도 엉뚱한 말을 하는 노인이 많아요. 우리가 움직인 흔적이 그대로 보인다면 억울한 일은 없지요. 게다가 방문을 해도 요즘은 통 안 보인다며 민원을 넣는 경우도 있어요."

"하지만 개인의 행동 바운더리를 추적하는 것은 범죄자 취급입니다. 범죄자도 이렇게는 안 해요."

전도영이 컵을 바쳤던 냅킨을 빼서 눈가를 훔쳤다. 나는 다시 콜드브루를 홀짝였고, 선임 보조원은 남은 버블티를 마셨다.

"선생님들을 부른 것은, 우리가 설치한 어플로부터 보호받고 있다고 생각하자는 것을 전하고 싶었어요. 모든 일에 장단점이 있겠지만 좋은 것만 생각합시다."

나는 선임 보조원의 말에 대거리를 하고 싶었지만 음료와 함께 삼켰다. 땀에 젖은 손바닥에 차가운 컵에 맺힌 이슬까지 더해져 매우 미끄러웠다. 잔뜩 힘을 주어 컵을 쥐었다. 계약 기간이 오 개월 남아 있었고, 말 한마디가 재계약에 영향을 줄 수도 있었다.

다음 대상자를 방문하기 위해 카페를 나섰을 때 이 카페의 평점을 주겠냐는 메시지가 떴다. 하얀 별 다섯 개가 모니터에 떠 있었고, 숫자를 기록하면 그만큼의 별에 색이 입혀지는 것이었다. 새로 개업한 레스토랑을 가거나 영화를 보고 나올 때 예사로 했던 거였다. 짜증이 치밀어 올랐다. 이럴 때 시선을 허공으로 돌려 보는 건 습관 같은 거였다. 무엇이 눈에 들어오든 그것이 날선 감정을 무디게 하니까. 어쩌면 그조차도 내 나이쯤에서 갖게 되는 무게 추 같은 것일 수 있었다. 전봇대 끝 복잡하게 얽힌 케이블선이 보였다. 커지는 화면처럼 시선 가득 검은 선들이 들어찼다. 액정에 떠 있는 별을 힘주어 지웠다. 핸드폰이 미끄러지며 툭 떨어졌다.

전도영의 이름이 각성되며 다시 이영의 쌍둥이 동생 김도영이 생각났다. 김도영은 뛰어난 성적으로 대학 진학을 했다는 게 어렴풋이 생각났다.

김도영을 떠올리며 이영의 안부가 궁금했다. 가족 외엔 병문안이 안 되는 곳인 것을 안 후 이영과는 더 멀어졌다. 보관하고 있던 오래된 수첩을 뒤졌지만 이영이 있다는 병원에 대한 기록은 없었다.

이영이 있다고 추적되는 병원을 찾아 검색했다. 찾을 수 없다는 안내가 떴고, 나는 몇 개를 다시 검색해 차례로 전화를 했다. 하지만 어떤 곳에서도 이영의 소식은 들을 수 없었다.김도영이란 이름을 검색 창에 넣어 엔터키를 쳤다. 답답한 마음에서였다. 여러 개의 인물 정보가 떴다. 나는 부산이 거주지로 되어 있는 '김도영'에 대한 정보를 캡처해 저장했다.

이영의 안부가 궁금해지곤 했던 여름도 기억 저편으로 넘어간 지가 오래였다. 복숭아 알레르기가 지독했던 이영은 복숭아 근처에 가지도 못했다. 그림만 봐도 가렵다며 웃던 이영.

사촌이 미술 전공이라며 그림을 보러 가자고 했다. 여름방학이었고, 우리는 미숫가루에 밀가루를 넣어 부침을 해서 먹은 후였다. 미술 시간이면 이영도 선생님의 칭찬을 받았고, 잘 된 그림으로 전시되곤 했었다. 선생님의 평은 일관했다. 선이 굵고 박력이 있다는 거였다.

이영의 사촌이 그린 것은 유화로 기억한다. 그림 감상이 흔한 시절도 아니어서 벽에 걸린 캔버스 앞에서 나는 넋을 잃고 서 있었다. 초록 연잎 위로 쏟아지는 햇살이 눈부셨고, 테이블에 놓인 꽃과 과일들이 마치 실물 같아서 손으로 쓸어 보기도 했다. 손끝에서 느껴지던 거친 질감이 시각적으론 자연스럽고 부드러워 보이는 것이 신기했다. 먼 풍경이지만 그것이 복숭아밭이란 걸 알 수 있는 그림 앞에서 이영은 으악, 하며 괴성을 질렀다. 가까운 나무를 포인트로 먼 풍경을 담아내어 멋져보였지만 이영은 끔찍하다는 반응이었다.

"난 복숭아 못 먹어. 복숭아가 있는 과일 가게만 지나가도 가렵거든. 하지만 삶은 건 괜찮아."

복숭아밭을 가지고 있던 시가에서 팔고 남은 복숭아를 보내오면 잼을 만들었다. 설탕을 넣은 복숭아가 부글부글 끓어오르면 이영을 떠올리며 따뜻하고 물렁한 과육을 건져 먹곤 했다. 내가 복숭아 잼을 만들고, 복숭아 병조림을 만들며 여름을 보내는 동안 이영은 사라졌다. 자기껍데기에 몸을 감추는 달팽이처럼. 깊고 깊게.

이영을 찾아보겠다는 나의 의지는 노인의 건강이 나빠지면서 유보되고 있었다. 노인을 찾아가는 날은 정해져 있었지만 노인은 수시로 전화를 해댔다. 열무김치가 먹고 싶으니 열무를 좀 사다 달라고 했고, 식혜가 먹고 싶다고도 했다. 도다리 쑥국이 너무 먹고 싶다며 도다리와 쑥을 좀 사달라고도 했다.

"눈이 아파요. 한쪽 시력을 잃었거든요."

"어쩌다가요?"

"강도를 만났어요. 다짜고짜로 내 얼굴에 칼을 휘두르고 달아났답니다."

하지만 이 사건에 대해선 나도 알고 있었다. 노인들의 화제란

게 이웃집과 가족을 벗어나지 못했다. 이웃 노인들은 딸의 애인이 결혼을 반대하자 저지른 범죄라고들 했다.

"정말 억울했어요. 근데 그놈도 죽었어요. 자전거를 타고 나무로 돌진해 죽었다고 했어요. 천벌 받은 거지요."

"정말 힘들었겠어요. 이렇게 잘 견디니 좋은 일 있을 거예요."

만날 때마다 계란을 내어주며 반복하는 말들을 들어야 했지만 오늘은 누운 채였다. 눈에 통증이 너무 심해 약을 아무리 넣어도 소용이 없다며 손수건으로 눈물을 찍어내고 있었다.

"내가 지금 이렇게 있지만 돈이 없는 게 아니라오. 아들 집도 내가 사 줬고, 통장에 억 정도의 저축은 가지고 있지. 암."

노인이 장애 등급자면서 기초 수급자란 걸 모르는 바 아니었다. 망상일 수도 있었고, 희망 사항일 수도 있었다.

"그렇군요. 가지고 있는 돈은 절대 자랑하지 말고 자식도 주면 안 돼요. 당장 사기꾼이 붙거든요."

"그래서 내가, 이렇게 낡은 티셔츠를 입고 있는 거요."

"잘하셨네, 잘하셨어요."

일어나려는 노인을 누이고 주방으로 갔다. 싱크대 위에 냄비가 몇 개 나와 있었다. 정체를 알 수 없는 음식이 썩어가고 있었다. 역겨운 냄새가 코를 찔렀지만 그냥 둘 수는 없어서 음식물 처리를 하고 냄비를 씻었다.

저녁 준비를 하면서도 콧속에서는 썩은 음식물 냄새가 고여 있었다. 혼자 저녁 식사를 하는 남편을 보며 나는 캡처해 놓은 김도영의 정보를 살폈다. 내가 찾는 김도영이 아닐 확률이 더 높았고, 어쩌면 시치미를 뗄 수도 있었다. 하지만 내일은 확인 전화를 해보기로 했다.

그늘 한 점 없는 골목에 차를 세웠다. 지금부터는 좁은 계단을 올라야 한다. 나는 노인이 부탁한 오이와 파프리카, 마요네즈를 챙겼다. 애플리케이션을 작동시켜 '방문 실행'을 클릭했다. 노인의 방문시간은 35분이었다. 그 시간만큼은 이 집의 지번에서 움직이지 않아야 한다고 생각하며 차문을 소리가 나도록 닫았다. 핸드폰의 진동이 느껴졌다. 금수경이었다.

"선생님, 생각해 보셨어요?"

나는 무슨 생각을 해야 했었나 싶었지만 곧 노조 가입에 대한 것이란 걸 알았다. 금수경은 다른 지역에서는 노조가 이미 시작되어 위치 애플리케이션에 대한 반대 활동을 하고 있다고 전했다. 나는 힘들 것 같다고 했다. 여기선 무리라고. 금수경은 그래도 혹 마음이 바뀌어 함께 하는 것에 마음이 열리길 바란다며 여운을 남겼다.

골목을 오르다 차를 돌아봤다. 출발할 때면 너무 데워져 운전석에 앉기도 고약할 것이다. 지금 그늘로 옮기는 것이 좋을 것 같았다. 돌아 내려오며 모니터에 그려질 나의 동선을 생각했다.

천천히 진행하던 붉은 선은 되돌아 그어지고 있을 것이었다.

이 시간 나의 흔적이었다. 투명함도 존재라 할 수 있을까. 이영의 시간도 결국은 이영을 투명하게 했을 것이다. 나의 시간이 그렇듯. 폰을 열었다. 캡처해 둔 김도영의 정보를 삭제했다.

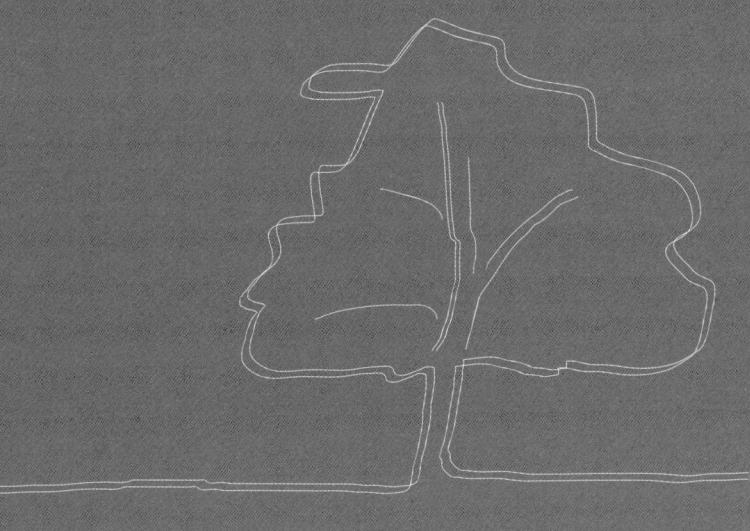

벌떡 일어나 앉으니 홰치는 소리가 들렸다. 퍼덕거리는 소리를 들으며 다시 누웠다. 곧 새된 울음이 터져 나오겠지만 잠깐이라도 바닥에 등짝을 붙이고 싶었다.

'홰만 치고 울지 마라, 이놈아.'

그놈의 길쌈만 하면 잠이 쏟아졌다. 길쌈하는 밤은 가는지 오는지도 모르는 깊음이라는 생각이 들었다. 날이 새기 전에 눈이라도 붙여야 하는데 베는 더디게만 짜였다. 거기다 시어머니는 삼을 곱게도 삼았다. 고운 실로 만든 북은 보기가 좋았고, 베를 짜놓으면 결이 고와 모시 같다는 소리를 들었다. 베 짜는 사람한테는 그런 고역이 없었다. 시어머니가 북을 만들어 자랑할 때마다 보기 좋다며 장단을 맞추는 건 나다. 그건 며느리를 늘 마뜩 찾아 하는 시어머니의 비위를 맞춰보고자 하는 심산이었다. 돌아서면 저걸 어떻게 짜나 싶어 한숨을 쉬곤 했다. 베를 자세히 들여다보면 베틀 소리에 묻힌 한숨 소리가 씨실과 날실 사이사이 껴 있을지도 모른다. 아이 둘은 베틀 소리가 자장가라도 되는 양 색색거리며 잘도 잤다. 자는 모습이 귀엽기도 하고 부럽기도 해서 공연히 이불을 다독여 덮어주곤 했다.

어둠 속에서 몇 번 눈을 껌벅거렸을 뿐인데 큰일이라도 난 것처럼 닭이 울어댔다.

"아 휴, 저놈의 닭. 목을 확 비틀어버릴까 보다."

나는 궁시렁대며 아이들을 깨웠다.

"순아, 영아, 일어나. 뱀 쫓으러 가야지."

투정 부리는 아이들을 깨워 누비저고리를 입혔다. 설빔으로 만든 누비저고리를 아이들은 아껴가며 입었다. 목수건까지 감아 놓으니 이만하면 춥진 않겠다 싶다. 나는 준비한 꼬챙이에 새끼 줄을 감아 아이들 손에 쥐여 주었다.

돌담 사이를 쿡쿡 찌르며 두 아이가 노래를 부르기 시작했다. 나는 좀 더 큰 소리로 불러야 뱀이 도망간다며 아이들을 달랬다. 잠을 빨리 달아나게 하려는 생각에서였다.

후여, 뱀이여, 여기는 개똥밭이다. 꽃밭에 가거라.

후여, 후

후여, 딱딱새야. 윗녘에 사는 새야 아랫녘으로 다 가라.

정,정, 정도령 장가가는데 콩나물 대가리 얻어먹으러 가거라.

후여, 후

삐죽거리는 아이들을 달래며 나는 목소리를 높였다. 순이가 내 소리를 흉내 내며 크게 부르자 영이도 곧 따라 불렀다.

"김 순! 김 영!"

앞집에 사는 곽연숙이었다. 아이들이 반가움에 겨워 쪼르르 달려갔다.

"이러면 진짜 뱀 안 나와요?" 영이가 일찍 일어난 것이 못내 억울하다는 듯 물었다. 응석이 잔뜩 묻은 혀 짧은 소리가 연숙에겐 통했다.

"그럼, 영이가 큰 소리로 노래하면 뱀이 무서워서 못 나올 거야." 연숙이 웃으며 영이의 머리를 쓰다듬었다.

연숙은 나와 비슷한 시기에 혼인했지만 나는 웃새미에 살았고, 연숙은 아랫새미에 살아서 어쩌다 우물에서 만나면 인사 정도 하는 사이였다. 연숙이 먼 대처에서 시집 왔다는 건 마을 사람들이라면 다 알고 있었다. 왠지 새침한 것이나 웃을 땐 볼우물이 살짝 생기는 것들이 나와는 달리 보였다. 신접살림을 시작했던 집을 비워 놓고 연숙의 뒷집으로 이사 오며 친해졌는데 연숙이 아이들을 유난히 예뻐한 것이 계기였다. 가끔 담 너머로 음식을 나누어 먹기도 했고, 담에 붙어 서서 이런저런 얘기를 하곤 했다. 연숙은 택호를 쓰지 말고 이름을 부르자 했다. 나도 그러자고 했는데 서로의 이름을 부르며 우린 더 가까워졌다. 출신이 동향인 동무 같아서 어떤 말을 꺼내도 연숙이 알고 있을 것 같았다. 친정에서의 이런저런 추억쯤은 물밑처럼 훤해서 말할 필요조차 없는 동무 말이다. 나는 답답할 때면 연숙이 거처하는 창에 작은 돌을 던져 신호를 보냈고, 연숙은 나의 방 가까운 곳에서 고양이 소리를 흉내 냈다. 고양이 소리보다 더 고양이 같으면 연숙이었다.

"쌀은 앉혔어?"

보름밥(오곡밥)은 했냐는 나의 안부였다.

"응, 팥 조금 삶아 놓았어. 오늘이 여기서 마지막으로 하는 조식이 될 것 같아."

"왜? 어디 가?"

나는 아이들을 먼저 보내고 연숙을 붙들었다.

"시아버지가 무릎을 꿇고 사정하더라. 떠나 달라고. 그래서 그렇게 하기로 했어."

곽연숙에게는 아이가 없었다. 올해가 혼인한지 칠 년째였고, 시아버지의 고집을 남편도 꺾지 못했다는 것이었다. 거짓말이나 농담이란 생각이 들 만큼 연숙의 말은 태연스러웠다.

"왜 그리 빤히 보니? 사람 무안하게."

나는 거짓말 같아서, 하면서도 거짓말 같았다.

"이런 날이 올 것이라 생각했었어. 괜찮아."

연숙이 연한 웃음을 흘렸지만 눈두덩이 소복한 것이 밤새 운 것 같았다.

아침 설거지가 끝나면 떠날 거라는 연숙의 말을 듣자 마음부터 분주해졌다. 하필 오늘 같은 날 가나 싶다가, 보름이라서 다행이란 생각이 들었다.

불현듯 맨손으로 보낼 수는 없다 싶었다. 패랭이 수가 놓인 작은 보자기를 연숙은 볼 때마다 곱다했지만 너무 낡아 보였다. 보름밥을 하며 급히 솥 한쪽으로 찹쌀을 앉혔다. 묵나물을 볶으며 찰밥을 돌확에 찧었다. 마침 설에 남겨둔 콩고물이 있어 굴려내니 먹을 만해 보였다. 창호지에 떡을 싸고 패랭이꽃이 보이게 보자기를 둘렀다. 그래도 떡을 쌀만한 보자기는 그것밖에 없었다. 나는 아이들이 볼 새라 시렁 높은 곳에 올려놓았다.

보름밥 네 그릇을 고봉으로 담아 상보를 덮었다. 이만하면 해가 지도록 아이들과 시부모가 수시로 먹을 양이었다. 아이들은 종일 할머니 뒤를 따라 다니며 명절놀이를 할 것이고, 오늘만큼은 농사일도 할 게 없으니 한나절은 여유가 있을 것이다.

마을 앞을 흐르는 남천은 겨울 가뭄에 물이 줄어 개울 같았다. 나는 징검돌 앞에서 헤어질 작정이었다. 연숙이 첫 돌을 밟아 나갔다. 잘 가라는 말보다 다리가 앞서 나가 연숙이 짚었던 돌을 밟았다. 마지막 징검돌을 건너고 연숙이 내게 손을 내밀었다. 나는 연숙의 손을 잡았다.

징검돌을 건너면 생각나는 일이 있어 빙긋 웃고는 했다. 웃으며 지나던 길목이 이제는 그리움의 길이 되겠단 마음이 들었다. 마음 한편이 쓱 베여 나가는 것 같아 연숙을 봤다. 연숙도 그때 생각을 하는지도 몰랐다.

읍내만 가면 늦게 오는 남편 때문에 속상해 할 때 연숙이 남편을 곯려주자고 했다. 내가 어떻게? 라고 묻자 징검돌 하나를 빼자는 것이었다. 연숙이 지겟작대기를 가지고 나와 우리는 함께 냇가로 나왔다. 지겟작대기를 징검돌에 받치고 둘이 힘을 주어 들어 올리자 판판한 돌이 섰다. 연숙이 이대로 두자고 했다. 그냥 건너도 바짓가랑이는 다 젖을 것이고, 짚으려면 돌을 밀어야 하니 무거운 것이 넘어지면 물벼락을 맞을 것이라 했다. 물론 나는 동의했다. 손뼉을 치며 좋은 생각이라 했다. 연숙만이 할 수 있는 일인 것 같았다. 냇가에서 젖은 다리를 말리며 연숙과 나는 한참이나 소리 내어 웃었다. 나는 남편이 물을 흠뻑 뒤집어 쓴 모습을 마음껏 상상했다. 서 있는 돌을 돌아보며 집으로 가는 길은 뿌듯하고 후련했다. 큰일을 해낸 것 같았다. 곱게도 삼은 시어머니의 북으로 베를 다 짜내려갔을 때보다도 더.

가끔씩 웃으려고 꺼냈던 그때 일이 오늘은 입 밖에 나오지 않았다.

고갯길로 접어들며 바람이 불었다. 이삭을 모두 날린 억새가 서걱거리고, 마른 풀들이 일어설 듯 흔들렸다. 앞서가는 연숙의 남색 치맛자락이 바람에 나부꼈다. 작은 보퉁이 하나 가슴에 안고 연숙이 돌아오지 않을 길을 가고 있었다. 나는 어떤 말이라도 해야 할 것 같아 연숙을 불렀다.

"이 고갯길은 어찌 이리 구불구불한지. 시집올 때 가마 멀미를 엄청 했어."

"그랬구나. 난 걸어왔어. 남편이 나를 데리고 왔지. 그때도 참 멀더라, 여긴."

도저히 가마를 탈 수가 없어 가마꾼에게 삯은 줄 테니 걷겠다고 했어, 라고 하자 곽연숙이 웃으며 말했다.

"그 가마꾼 수지맞았네. 네처럼 자그만 사람이라 좋아했을 텐데, 거기다 빈 가마로 왔으니. 너나 나나 걸어온 건 같네."

연숙이 허리를 숙이며 말했다. 며칠 따뜻한가 싶더니 제철도 모르고 민들레 한 송이가 피어 있었다. 노란색 꽃잎이 바람 속에서 추워 보였다.

"이 꽃 나 닮았어."

"응, 그러네. 너처럼 이쁘다야."

연숙은 민들레처럼 강하고도 예뻤다.

"철모르고 핀 꽃 같아. 철이 없긴 저나, 나나 같네."

나는 꽃을 꺾어 연숙의 앞섶에 꽂아 주었다.

"예쁘다. 넌 꽃처럼 예뻐."

연숙은 아주 먼 곳에서 왔다고 했다. 북간도라는 곳에서. 아버지의 만류에도 여기까지 왔다고 했다. 오다 보니 너무 멀었다고 했다. 이 길을 걸을 땐 구둣발로 걸을 수가 없어서 맨발로 걸었는데 가방을 든 남편이 구두까지 들어 주어 고마웠다고 했다. 그때는 다시 돌아갈 것은 터럭만큼도 생각지 않았다 했다. 나는 북간도라는 곳은 어디쯤일까를 생각했다. 연숙이 꽃을 빼 보통이 속에 살며시 밀어 넣었다.

"기차 타야 돼?"

"응, 기차 타야 돼."

"그럼 거기로 갈 거야?"

"응, 일단은 거기로 가려고 해. 아버지가 계셔."

움막이 보였다. 먼 길을 가야 하는 연숙을 나는 조금 쉬게 해야겠다고 생각했다. 장을 오갈 때 비를 만나거나 힘들면 쉬어 갈 곳을 동네 사람들이 마련해둔 곳이었다.

움막 안은 너저분했다. 오랫동안 사람의 흔적이 닿지 않은 것 같았다. 나는 우리가 앉을 자리를 대충 정리했다. 구석에 있는 가마니를 끌어다 연숙과 나란히 앉았다.

"참 속상하다."

"뭐가?"

연숙이 뭐가 속상한 일 있냐는 듯 물었지만 시선은 앞만 보고 있었다.

"간절한 것들은 어쩌면 이렇게 비껴만 가는지 모를 일이야."

나는 비껴만 가는 어떤 것들을 떠올렸다. 멈추지 않는 요령부득한 남편의 바람기를 생각했다. 첫 아들을 낳기를 바랐으며 좋은 시어머니를 만나길 바랐었다. 이루어지길 바랐던 순간들이 비껴갈 때마다 부뚜막에 얹어 놓은 참기름이 줄어드는 것 같다고 생각했다. 연숙과의 인연도 이렇게 비껴가는가 보았다. 연숙을 보낸다고 생각하면 이사 후 텅 빈 옛집이 마음속에서 그대로였다. 나뭇잎이 날아와 쌓여도 누구도 쓸지 않을 마당이 거기 있었다.

문틀만 남은 입구가 액자 같았다. 액자 속에서 바람이 불자 잎이라곤 없는 나무들이 잔가지를 떨었고, 나무 너머 나무들은 어깨를 나란히 하며 멀어져갔고, 산등성이는 앙상한 나뭇가지들이 겨울 하늘을 자잘하게 갈라놓았고, 겨울 새 한 마리가 날아갔고, 능선 너머 푸르스름한 골짜기가 깊어 보였고, 연한 재색이 되며 멀어져갔다. 저렇게 이어지는 산들이 북간도까지 닿나 보았다.

"그날 말이야."

고마웠지. 뭐가 속상해, 하면서도 연숙이 머리를 숙였다.

그날은 붉은 달이 밝았다. 더위 때문인 것 같았다. 유두날도 지난 낮의 더위를 견디며 새로 장만한 논에서 피를 뽑고, 냇물 건너 일군 밭에서 해가 지도록 김을 맸다. 시어머니의 지청구를 들으며 어두워서야 저녁밥을 챙기는 손이 바빠 고단한 줄도 몰랐다. 지친 몸을 자리에 누이고서야 한숨 돌린다 싶었다. 읍에 나가는 날이면 밤이 이슥해야 돌아오는 남편을 기다렸다. 하지만 의지와는 다르게 몸과 마음이 아득해지며 몇 길인지 모르는 웅덩이로 가라앉는 것 같았다. 정신을 붙드는 순간순간 아궁이 잔불 위에 올려놓은 된장찌개가 식기 전에 와야 할 텐데, 라고 생각했다.

보소, 하는 소리에 놀라 일어나 보니 남편이 문 앞에 서 있었다. 깜박 잠이 들었나 싶어 머리를 매만졌다. 왔으면 들어오지 뭐 해요, 하며 다시 드러누웠다. 잔불도 된장찌개도 식었을 것이었다. 남편은 일어나 보라고 했고, 일어나 다시 보니 환한 달빛을 등진 남편의 등 뒤에서 여자가 생긋 웃고 있었다. 부끄러웠다. 저렇게 매끄러운 색시 앞에서 나는 한없이 작아지는 것 같았다. 남편이 작은 방으로 잠자리를 옮기라며 나를 내보냈다.

섬돌에 발을 내려놓으며 잠이 달아났다. 남편이 문을 탁 닫았다. 나는 나란히 놓인 두 켤레의 고무신을 애써 외면하며 사립문을 나섰다.

낫을 꺼내 싸리 울타리 아래 무성하게 자란 풀을 베었다. 풀 사이에 있던 벌레들이 후두둑 뛰었다.

"이 시간에 웬일이야?"

연숙이었다. 잠이 안 온다며 바람이 좋아 나와 봤다고 했다.

"순이, 영이, 풀각시 놀이 만들어 주려고. 며칠 전부터 졸랐거든."

연숙이 풀을 모아 막대에 감아 주었다. 소금물을 바르지 않아도 아침이면 적당히 시들어 잘 땋아질 것 같았다.

나는 연숙의 손을 잡고 끌었다. 벼르고 벼른 일이었다. 달맞이꽃까지 흐드러지게 피어 길이 환했다. 달맞이꽃을 손으로 쓸면 분 냄새가 났다. 결결이 달빛이 흐르는 내를 건너 움막으로 왔다. 나는 연숙의 손을 잡고 가슴에 얹었다.

"내 태기 너 줄게. 너 다가져."

나는 연숙의 어깨를 안았다. 머쓱해 하던 연숙의 팔에도 조금씩 힘이 주어지며 나를 껴안았다.

나는 진심으로 내게 올 아이가 있다면 연숙과 인연이 닿기를 바랐다.

연숙이 아이를 무척 가지고 싶어 했지만 뜻대로 되지 않아 늘 속상해했다. 아이를 잘 가지는 내게 이런저런 방침이란 걸 묻기도 했지만 딱히 그런 것도 없었다. 오늘같이 달 밝은 밤, 내가 가진 기운이라도 연숙에게 주고 싶었다. 그러면 내게 있을 태기가 전해질 것 같았다. 연숙이 내 입술에 자신의 입술을 포갰다. 나는 입을 벌리며 나의 모든 기운들이 곽연숙에게 닿기를 바랐다. 눈을 감으면 짙은 달맞이꽃 향기가 코끝을 맴돌았다. 이사 오기 전 부엌 천장에 엉켜 있던 구렁이 두 마리가 떠올랐다. 기절할 만큼 놀랐던 그 장면이 하필 지금 떠오를까 생각했지만 이상하게도 나는 그것들처럼 연숙을 휘감았다.

그날은 이슬이 유난히 많았다. 남천을 건너며 축축한 버선을 벗어 털었다. 풀이 쓰겠네, 쓰겠어. 중얼거리며 소꼴을 천천히 먹여야겠다고 생각하자 내년엔 암소 한 마릴 더 사서 송아지라도 봐야겠단 생각이 들었다. 송아지 생각을 하자 좋아할 순이, 영이가 떠올랐고 그런 생각들이 나를 집으로 향하게 했다. 골목을 들어섰을 때, 막 삽짝을 돌아가는 색시를 보며 저건 또 무슨 인연일까 싶어 망연했다.

연숙은 장독대에 정안수를 떠놓고 삼신할미에게 태기가 집히길 간절히 빌었고, 사발에 달이 담기면 마셨다.

"북간도는 어떤 곳이야?"

"여기처럼 마을 앞엔 내가 흐르고, 밤엔 별이 강처럼 흐르는 곳이지."

연숙의 눈길이 더 아득해지는 것 같았다. 쌀은 귀하지만 밭에서 나는 것들은 풍성해서 먹고 살 걱정은 없었다고 했다. 지금은 상황이 어려워져 어떻게들 지내시는지, 자신이 다니던 여학교의 안부도, 동무들 소식도 궁금하다고 했다.

"다시 학교에 다닐 거니?"

나는 연숙이 공부를 계속했으면 좋겠다는 생각을 했다. 연숙은 아는 것이 많았다. 아이는 낳지 못했지만 키우는 방법은 연숙이 더 잘 아는 것 같았고, 농사짓는 요령도 훌륭했다.

"글쎄, 그랬으면 좋겠지만 이젠 내가 해야 할 일을 찾아야지."

땅이나 파고, 어른들 봉양하고, 아이들이나 키우는 것 외에 아녀자가 무슨 일을 할 수 있을까 싶어 연숙을 봤다. 반듯한 콧날이 맵시 있어 보였다. 맵시란 말도 연숙이 알려준 것이었다. 추석에 빚은 송편을 담장 너머 받으며 떡을 맵시도 있게 빚었다며 연숙이 눈을 동그랗게 떴었다.

"기술을 배우려고. 머리 만지는 기술. 아버지하고 의논해서 미국으로 건너갈 거야. 어디든 갈 수 있을 것 같어. 서양에서는 여자들도 머리를 자르고 파마란 걸 한대. 다음에 네 머리도 예쁘게 해 줄게."

"파마란 걸 하면 머리카락이 달라지나?"

"응, 곱슬곱슬하게 되지."

"정말 웃기겠다. 머리가 꼬불꼬불해진다니!"

나는 웃음을 터뜨렸고, 연숙도 크게 웃었다. 우리는 걱정 같은 건 없는 사람처럼 크게 웃어댔다. 연숙은 앞으로 그러고 다니는 여자들이 많아질 것이라 했다.

생각만 해도 우스워 우리는 마주보며 자꾸 웃음을 터뜨렸다.

연숙이 일어나자고 했다. 아이들이 기다릴 것이라 걱정했다. 연숙이 부스럭거리더니 종이를 펼쳐 보였다. 오다마(입자가 큰 설탕이 발린 알사탕)였다.

"너 애기 가지면 이거 먹고 싶다고 했잖아. 지난번 읍내에 갔

을 때 샀어. 자전차점 옆 사쿠라 상회 것이 맛나다고 해서 거기
서 산 거야."

눈물이 핑 돌았다. 태기가 있을 때마다 입이 써서 단것이 당겼
다. 남편이 읍에 갈 때면 부탁했지만 밤이 이슥해야 돌아오는 남
편의 손은 번번이 비어있었다. 달거리가 끊어지고 석 달이 지나
가고 있었다.

나는 패랭이 보자기에 싼 떡을 내놓았다.

"주걱 떡(주걱으로 대충 짓이겨 만든 떡)이야. 먼 길 가려면 시장할
텐데 이거라도 먹어."

보자기는 낡았지만 정표로 주는 것이라 했다. 연숙이 오래오
래 간직하겠다며 수놓인 패랭이꽃을 가만히 만졌다.

"예쁘다. 너 닮은 꽃이야. 여름에 피는 꽃. 넌 바위처럼 단단하
고 예뻐."

짧은 겨울 해가 하늘 가운데를 지나고 있었다. 더 가고 싶은
마음과 연숙의 말대로 아이들 걱정이 널뛰기처럼 오르내렸다.
할머니랑 밥 먹고 놀고 있으라며 잘 일러두긴 했지만 모를 일이
었다. 그래도 먼 길 떠나는 연숙을 혼자 보낼 수는 없었다. 조금
이라도, 한 발이라도 함께 걸어볼 요령이었다. 그러자 한쪽 마음
에선 아이들 걱정이 꽈리처럼 부풀었다. 시어머니의 지청구가
늘어질 것을 생각하자 살짝 짜증이 밀려오는 것 같았다. 하지만
연숙과는 언제 함께할 수 있을지 알 수 없었다. 어쩌면 이승에서

는 마지막 시간일지도 모른다는 생각이 들었다. 미국, 미국은 또 어디쯤 있는 것인가. 연숙이 거기까지 간다지 않는가. 연숙이 그만 돌아가라고 다시 말했을 때 내 식구 걱정하는 마음이 보여진 것 같아 조금만, 조금만 하며 오히려 성큼성큼 걸음을 내딛었다.

옛날 놀던 그 시절은 다 지나가고, 연숙이 노래를 불렀다.

내 가슴속에 붙는 불꽃은 제철이구나, 내가 받아 불렀다.

잘 있거라, 잘 가거라.

나는 무사히

좋은 바람 불거들랑 또 다시 만나….

우리는 낮은 목소리로 노래를 불렀다.

손목 잡고 놀던 정을 나누어 보세. 하는 마지막 구절엔 함께 울음을 터뜨렸다. 연숙의 손을 잡고 지금의 시간을 이야기 나눌 때는 언제쯤일까. 언젠가는, 다시 인연이 닿기를 바랐다.

"미안해, 이제 돌아가야겠어."

고갯길만 넘으면 읍이었다. 읍에 가까워질수록 내 마음은 아이들과 가까워지는 것 같았다. 하는 것마다 마음에 드는 것이 없다며 툴툴거리던 시어머니까지 아이들과 고생은 하지 않는지 마음이 복잡해졌다. 해가 서쪽으로 기울자 농사일이 줄어든 계절을 술로 보내는 시아버지까지 마음에 걸려오기 시작했다.

"차부까지는 가야 하는데, 시간이 빨리 지나간다."

"무슨 차부까지. 괜찮아. 네가 아니었으면 모든 것들이 힘들었을 거야. 고맙다."

연숙이 웃었다. 나는 연숙이 입은 저고리의 옷고름을 매만져
주었다. 가는 길 조심하라는 것이기도 했고, 강건하라는 뜻이기
도 했고, 간도에 무사히 닿기를 바라는 것이기도 했다. 무엇보다
좋은 인연을 만나길 바라는 마음을 담은 손길이었다.

"좋은 사람 만나면 네가 망설이지 않았으면 좋겠어."

곽연숙이 웃었다. 웃으며 연숙이 돌아섰다. 연숙이 내게로부터
멀어졌다. 멀어지며 다시 노래를 불렀다. 옛날 놀던 그 시절은
다 지나가고, 나는 연숙의 노래를 들으며 돌아서 걸었다.

이렇게 많은 소리가 났나 싶다. 연숙과 함께 걸을 땐 들리지
않았던 것들이 사방에서 들려온다. 풀숲에서 부스럭거리는 소
리가 아무래도 나를 따라오는 것 같다. 까치가 지나가며 울어댔
고, 밤을 준비하는 뱁새들의 지저귐이 바쁘다. 어딘가에서 비새
가 울어 며칠 내에 비가 오겠단 생각을 했고, 겨울 가뭄에 반가
운 손님이겠다 싶다. 비비비비, 입술을 오므려 비새 소리 시늉을
낸다. 왠지 서럽다. 뭐가 서러운지도 모르게 서럽다. 반가운 손님
같았던 비새의 지저귐도 서럽다. 겨울비 내리는 들도, 처마 끝에
서 떨어지는 낙숫물도, 처마를 따라 나란히 생기는 동그란 흔적
들, 같은 생각만 하는 나처럼 같은 자리에 쉼 없이 떨어지던 물
방울들도. 틈틈이 발자국 소리가 들려 뒤돌아본다. 연숙이 돌아
오는 건 아닐까 싶어 걸음을 멈추면 바람만 무수히 불어 치맛자

락을 날린다. 바람 속에서 넌 참 단단해, 하던 연숙의 소리가 들리는 것 같아 어깨를 편다. 바쁘지도 느리지도 않은 걸음을 다시 옮긴다.

남천이 보이는 둔덕에 올랐다. 둔덕 아래 지난여름에 일군 나의 땅이 보이고, 건너편에서 마을 사람들이 달집태우기 준비를 하고 있었다. 해거름에 바람이 잔잔해서 잘 타오를 것 같았다.

나는 주저앉아 땅의 기운을 느꼈다. 차가웠다. 다가올 봄의 기운과 여름의 왕성함이 그 차가움 속에 있었다. 곧 경칩이지 경칩, 혼잣말을 중얼거리며 두 손바닥을 땅 위에 지그시 눌렀다. 나는 땅의 기운을 온전히 받아들이듯 깊은 숨을 마셨고, 천천히 뱉어냈다. 뱃속에 있는 아이에게 땅의 기운이 닿기를 바랐다.

남천 너머 둔덕에 밭을 만들겠다고 했을 때 시어머니의 저항은 거셌다. 아녀자가 물 건너까지 가서 일하면 안 된다는 것이었다. 기제사가 많은 종부가 떡 찔 일이 많을 텐데 그때마다 어떻게 하냐고 했다. 매사에 도움을 주던 시아버지까지 아녀자가 욕심이 그렇게 많으면 탈난다며 혀를 차며 나무랐다.

마을에서는 떡을 찔 때엔 물 건너 온 사람이 시루 곁에 오면 안 된다고 했다. 시룻번이 터져 떡을 망친다는 것이었다. 건너 마을에 사는 동서는 물을 건너왔다는 이유로 떡 한 번 찌지 않았다. 오히려 시루 주위에 금줄을 둘러 가까이 오지 못하게 했고, 물 건너오는 것만 보여도 뒷간 지붕에서 묵은 겨릅대 세 개를 빼서 아궁이에 가만히 넣어 불살랐다. 겨릅대를 넣을 때는 손도 얌전해야겠지만 말도 해서는 안 되는 것이었다. 딱 세 개만 뽑으라는 시어머니의 당부에도 뽑을 때마다 대, 여섯 개가 주르륵 흘러 나머지는 헛간에 버렸다. 겨릅대를 빼면 굼벵이들이 툭툭 흘러 그 일이 정말 싫었지만 그렇게 해야 떡이 무탈하게 쩌진다고 했다.

그것도 좋은 생각이라며 힘을 준 사람은 연숙이었다. 아이들을 대처에 나가 공부시키려면 할 수 있는데 까지 재산을 늘리고 싶다는 나의 생각에 힘을 보태주었다. 보기에는 금방 밭이 될 것 같은 땅은 돌이 무수히 많은 돌밭이었다. 행주치마에 돌을 담아 퍼 나를 때 연숙이 지게를 가지고 와 틈틈이 도왔다. 연숙이 있어서 가능했던 일이었다.

마음을 편하게 한다는 노란 알약을 손바닥에 소복이 담아 보았던 때도 있었다. 가끔 그 일을 떠올렸고, 그때의 참담한 심정이 없었다면 지금의 나는 없었을지도 몰랐다.

볏짚으로 이은 지붕은 오랫동안 새로 잇지를 않아 물이 새고, 부엌의 지붕은 구멍이 뚫려 구렁이가 넘나들었다. 밥을 지으려고 부엌에 들어섰을 때 뱀 두 마리가 엉켜 있는 것을 보고 혼비백산해 쌀이 든 바가지를 던져 버렸다. 귀한 쌀을 못 쓰게 만들었다며 시어머니는 한동안 혀를 차며 궁시렁댔다. 나는 밤마다 벽에 그것들이 붙어 있는 것처럼 보여 잠을 설쳤고, 며느리에 대한 불평이 늘어가는 시어머니가 신경이 쓰였다. 한동안 밥을 먹지 못하고 얼굴은 회가 있는 사람처럼 핏기가 없었다. 근근이 가족들을 건사해서인지 몸은 자꾸 말라 갔다. 시아버지가 딱해 보였는지 일부러 읍내까지 출타해서 지어온 것이었다. 안 그래도 작은 것이 더 작아진다며 먹어보라고 했다. 노랗게 생긴 것이 메옥수수 알갱이 같았다. 약을 먹으면 몸이 나른해지고 잠이 왔다. 들일을 하다가도 나무에 기대 잠깐씩 자곤 했는데 마음이 편안해지는 것 같았다. 그래선지 시아버지는 하루에 딱 한 알만 먹어야 한다고 당부했지만 나는 한 주먹을 쥐고는 다 먹어 버릴까 생각도 했다. 지금 생각하면 그렇게 해선 죽지야 않았겠지만 어린 것들 둘만 덩그러니 있는 것을 생각만 해도 심장을 도려내는 것 같았다. 저것들을 애미 없는 아이들로 만들 수는 없었다.

남편을 내려놓기로 했다. 차라리 일을 잡기로 했다. 자신 있었다. 단 한 가지, 아이는 데려오지 말라 했다. 그것만은 할 수 없다고. 그건 정말이지 자신이 없었다. 논일, 밭일을 닥치는 대로 했다. 우리일 남의 일을 가리지 않았다. 빨리 이런 집에서 벗어나야 한다는 생각이 들면 어디선가 힘이 솟았다. 아이들과 함께 제대로 된 집에서 살아야겠다는 한 가지 생각만 했다. 다행히 시아버지를 설득시켜 힘을 보태게 했다. 땅을 조금씩 사들였고, 지금은 논마지기나 가지게 되었다.

우미인가를 읊조렸다.

천하세경 강동국에

산도좋고 물도좋다

아황여영 죽은곳에

    .

    .

    .

칼잘쓰는 황장사는

선봉장이 되었도다

연숙은 내게 영리하다고 했다. 글을 이렇게 빨리 익히는 이
는 잘 없다며 칭찬했다. 달 밝은 밤이면 달빛을 등불 삼아 연숙
이 내게 글을 가르쳤는데 집을 짓다 남은 기왓장을 늘어놓고 붓
에다 물을 묻혀 가, 갸, 거, 겨를 써주며 읽고 쓰라고 했다. '노란'
이란 글을 알았을 때 노란 개나리, 노란 원추리, 노란 나비, 노
란 달의 색을 알려주는 글이 있음이 신기했다. 그래서 나는 색깔
부터 익혔다. 사물의 색을 이야기하거나 떠올리면 사물의 이름
은 저절로 알아졌다. 연숙과 나는 사람이 가진 색을 이야기했다.
이를테면 시어머니는 숯 색이었다. 다 탄줄 알았는데 계속 타는
게 네 어머니 잔소리잖아. 연숙의 말을 듣고 나는 배를 움켜쥐고
웃었다. 시아버지는 감색이었다. 길에서 만나면 영감인데 논에
서 일하는 것을 보면 마지막까지 청년이고 싶은 사람 같다고 했

다. 연숙은 자색이었다. 그건 내가 붙여준 것이었다. 곽연숙은 하얀 저고리에 붙인 자색 끝동같이 새뜻했다. 아이들은 노랑과 진달래색이었다. 연숙과 이웃 사람들을 얘기 할 때도 그 사람에게 붙인 색이 이름이 되었다. 오늘 아침에 재색을 우물에서 만났어. 이런 식이었다. 그럴 때면 우리만 아는 기호인 것 같아 소리 내어 웃곤 했다.

우미인가는 연숙이 마지막으로 알려준 긴 글이었다.

"넌 선봉장이야."

나는 칼 잘 쓰는 사람이 아니라 했고, 연숙은 새 땅을 일구는 일도 선봉장이라며 힘을 내라고 했다. 연숙이 두루마리를 펼치며 우미인가를 읽으면 고운 노래처럼 들렸다.

첫 작물로 연숙은 감자를 권했다. 감자는 손이 덜 가니 자주 물을 건너가지 않아도 된다는 것이었다. 수확한 것을 한 바구니 담아 연숙에게 선물로 주었다. 처음이라 그런지 씨알이 잘아 초라하다는 말도 덧붙였다.

이건 온전히 네 거야, 축하해.

안아 주며 하던 연숙의 말이 들리는 것 같았다. 연숙의 몸에서 옮겨지던 따뜻함이 명징했다. 가슴을 감싸 안았다. 나는 나의 어깨를 토닥였다. 다정했다. 내가 나에게 하는데도 연숙의 손길처럼 따뜻하다. 연숙의 따뜻함이 오래오래 남을 것 같았다.

나는 꼬챙이로 연숙을 썼다. 쑥부쟁이. 정월희 내 이름을 썼다.

패랭이. 김 순, 김 영, 감자, 논, 밭…. 내게 달린 것은 많았다. 그
것들은 오롯이 나의 것이었고, 내 손이 닿아야 하는 것들이었다.
별, 별을 쓰자 연숙이 별이 되었다. 세 번째 태어날 내 아이의 이
름을 나는 별이라고 지었다. 김별. 내 땅에 심을 다음 작물은 도
라지로 정했다. 하양, 파랑 도라지꽃이 피면, 밤하늘의 별이 흐르
는 강처럼 보인다는 북간도를 떠올릴 것이다. 거기도 강이 있다
고 하지 않았나. 남천을 보며 해란강이 생각난다고 했다. 그래.
해란강이었어. 나는 흘러들었던 곽연숙의 말을 떠올렸다. 마당
에 서면 꽃들로 환한 언덕이 별이 흐르는 강처럼 보일 것이다.

　덜컹거림에 몸을 맡기고, 캄캄함을 풍경처럼 보는 연숙이 떠
올랐다. 지금은 어디쯤 갔을까. 연숙이 내게 멀어진 것처럼 나도
멀어져야 한다. 그녀가 담담히 간도로 가는 것처럼 나도 그렇게
가야 한다. 나의 것들에게로.

　자리를 떨고 섰다. 머리를 풀어, 흘러내린 머리카락을 쓸어 모
아 쪽을 단단하게 꽂았다. 치맛자락을 다부지게 걷어 올려 허리
띠를 매었다. 열기가 천천히 오르고, 가슴이 따뜻해졌다.

　정월의 큰달이 동쪽 하늘을 밝혔다. 노란 등을 걸어 놓은 것처
럼 동녘이 밝아왔다. 마을에서는 매구치는 소리가 요란했다. 지
신밟기가 끝난 놀이패들이 강가로 나오는 것이 보였다. 영이가
할머니의 손을 잡고, 순이는 춤을 추며 놀이패들 뒤를 따르고 있

었다.

둔덕을 천천히 내려갔다. 강가에 다다랐을 때 달집에 불이 붙었다. 순식간에 불덩이가 된 달집이 잔잔한 남천을 붉게 물들였다. 강물 속에서 불티들이 날아다녔다. 나를 본 아이들이 강 이쪽으로 달려오는 것이 보였다. 아이들 이름을 부르며 달려갈 때, 타오르는 달집 너머 달처럼 둥근 배를 안고 웃는 연숙이 언뜻 보였다.

아이들이 빨리 건너오라며 손짓을 했다.

농담처럼

농담처럼

기주와의 통화는 오 년만이었다. 그를 만나봐야 했다. 오래전 기억이란 것이 무색할 만큼 생생한 감정이어서 혼란스럽긴 했지만 회전력을 잃고 떨어지는 운석처럼 명료했다. 잊고 있었다는 것은 잊은 것이 아니라 늘 기억하고 있었고, 늘 기억하고 있었기 때문에 잊혔다고 믿었을 것이다. 가장 가까운 곳에 자리 잡고 있어서 그것이 거기 있는지조차 모르게 되는 물건처럼. 나의 일부처럼.

　눌러쓰는 글처럼 숫자 버튼을 꾹꾹 눌렀다. 신호가 몇 번 가고, 그의 목소리가 들렸을 때, 준비 없이 통화를 시도한 나는 한동안 말을 잇지 못했다. 그가 몇 번 여보세요, 라고 했을 때 겨우 나야, 라고 했다.

내가 나야, 란 말을 한 후에도 그가 나임을 알아채는 데는 우리가 처음 만났던 지역명을 들이댈 만큼의 시간이 걸렸다. 우리는 만나기로 했지만 숙희의 죽음을 전하지는 못했다. 나는 친구의 천도재가 끝나면 그곳을 가겠다고 했다.

D소읍이 기주가 있는 곳으로부터 가까운 거리는 아니지만 같은 서해안에 있다는 것만으로도 충분한 이유가 될 것 같았다. 그는 숙희의 죽음을 알고 있을까. 내가 아는 기주란 이름이 숙희가 알았던 그, 라면 알아야 했다. 숙희의 죽음을.

기주는 마치 어제도 통화 한 사람처럼, 그럼 거기까지 와서 안 오려 했니? 당연히 와야지, 했고 나는 희미한 웃음을 흘렸다. 당연히, 라니. 오 년 만의 통화에 '당연히'라는 수식을 붙여 그동안의 시간쯤은 아무것도 아니라고 하는 것 같아 씁쓸했다.

그와는 신길온천역에서 헤어졌다. 기억의 시작은 늘 햇빛과 온천이었고, 그것과 비슷한 느낌의 햇빛만 봐도 그날의 역 광장이 생각나곤 했다.

여기도 온천이 있나 봐. 부산 온천장이 그냥 동네 이름인 줄 알았더니 거기 온천이 있더라구. 물이 좋기로 유명하대. 진짜 온천물인지는 모르겠지만….

목욕탕이 아직도 많아서 사람들이 많이 찾는다는 끝말을 삼킨 건 나의 지독한 부산 억양이 어색했기 때문이었다.

기주가 '신길 온천' 표지판을 돌아봤다.

부산 동래 온천이야 유명하지. 역사가 오래됐고. 아직 그걸 몰랐단 말야?

대학을 서울로 진학하면서 위쪽 지방에서 살았던 그는 서울 억양이 유려했다. 그와 함께하는 동안 나의 경상도 특유의 강한 억양은 더욱 어색했고, 입안을 한 번 돌아 공명되어 나온듯한 그의 목소리는 깊고 부드러웠다. 나는 주눅 들린 아이처럼 말을 아꼈다. 하지만 이상하게도 한 번씩 뱉은 말은 길을 찾지 못한 다람쥐마냥 엉뚱한 곳으로 튀어나갔다. 기주는 번번이 표준발음으로 잡아주거나 되묻는 말로 끝을 맺어 오히려 말문을 막곤 했다.

여긴 온천이 없어. 아마 여기 어디 온천이 없다는 안내가 있을 텐데….

기주가 역사(驛舍)를 둘러보았다. 나는 선생님을 따라 하는 착한 학생처럼 그의 눈길을 따라 갔다.

기주는 내가 미덥지 못한지 부산으로 내려가는 방법을 다시 당부했다. 서해안에 인접한 작은 전철역에서 내려 수원 가는 것으로 갈아타는 것이 당부의 전부였지만 그는 반복해서 얘기 했고 나는 반복해서 들었다.

지하철이 곧 도착한다는 안내가 나오자 기주는 담배를 피우고 싶다고 했다. 딱 한 대만 피우자고. 바깥으로 발길을 옮긴 건 내가 먼저였다. 역 광장으로 나오자 내려 꽂히는 햇살에 눈이 부셨다. 뒤따라 나온 기주가 담배를 피워 물며 한 개비를 톡 뽑아 올려 내게 권했다.

됐어, 곧 차 타잖아.

바람이 없는데도 그가 두 손을 모아 담배에 불을 붙였다. 나는 담배를 피우지 않았지만 굳이 말이 필요치 않을 것 같았다.

햇볕이 한껏 차지한 역 광장을 그는 담배를 피우며 응시했다. 나는 담배 끝의 연소되는 작은 불씨들이 사그라지는 것을 무심코 보았다. 담배 끝에서 하얀 재가 만들어졌다. 그가 들숨을 쉴 때마다 그것은 점점 길어졌다. 뱉어낸 담배 연기가 아지랑이처럼 가물거렸다. 나도 결국 미간을 잔뜩 찌푸렸다. 눈부심이 견디기 힘들었다. 담뱃불이거나, 하얗게 바랜 역 광장의 반사 때문이거나. 아마 그랬을 것이다. 슬프다 하기엔 우리 시간은 정말 짧았다.

차창으로 내리치는 햇빛이 그날의 역 광장을 연상시켰다. 그때의 눈부신 햇살이 오월의 것이었는지 또는 유월의 것이었는지는 모르겠다. 공기 중에 떠돌던 습기들이 몸에 달라붙어 끈적거렸고, 강렬했던 그 날의 빛을 떠올리며 시동을 걸었다. 여고 동창 숙희의 죽음이 다시 생각났다.

겨울의 한가운데서 나는 숙희의 부고를 들었다. 숙희의 사망 소식은 내 앞에 툭 던져진 돌덩이 같았다. 본능처럼 뒷걸음질 치게 하는. 내게 죽음이란 아직은 막연한 이미지 같은 거였다. 그래서 죽음이란 말을 감히 입에 올리기도 했을 것이다. 가볍게.
자주. 숙희의 부고로 죽음 곁으로 쓱 다가가는 것 같았다. 낯선
감정이었다. 놓으려 할수록 감정의 무게는 오히려 기울어졌다.
겨울을 그렇게 보냈다.

숙희의 부고를 전해준 건 같은 동창이었던 지수였다. 지수는
추운 날이었음에도 집 근처라며 전화를 했고, 나는 새로 시작한
그림을 종일 만지작거리다 카디건만 뒤집어쓰다시피 하고 쫓아
나갔다. 카페에 들어섰을 때 지수가 손을 들어 아는 표를 냈다.
오랜만에 만나는 지수의 얼굴에서 나이 듦이 느껴졌다. 언제나
소녀일 것 같은 그녀의 동안(童顔)도 젊음도 이제는 비껴간 듯했
다. 그건 곧 내 모습이기도 했다.

주문한 커피가 채 오기도 전에 지수는 숙희의 죽음을 전했다.
한때 내가 숙희와 친했던 것이 그녀의 죽음을 알아야 할 이유라
고 했다.

그래서 너도 알아야 할 것 같아서.

지수는 특유의 낮고 흔들림 없는 목소리로, 마치 평범한 일상
을 이야기하듯 그녀의 죽음을 전했다.

시신은 바다에서 건졌다고 했다.

지수의 얘기를 듣는 동안 나는 현실과 유리되어 아득한 어떤
곳으로 갔다가 되돌아오기를 반복했다. 그때마다 유달리 컸던
숙희의 웃음소리가 비집어들 듯 생각났다. 늘 당당하고 밝기만

할 것 같았던 아이. 숙희는 한때 나와 친했지만 연락하지 못한 한동안의 시간은 뭉텅 잘린 채 지수와 나 사이에 죽음으로 놓여 있었다. 나는 지나친 감정을 보이지 않으려 애썼고, 무언가를 내려놓을 때처럼 담담하게 보이려 했다.

숙희의 죽음은 자살로 추정된다고 했다. 추정이라니? 나의 물음에 지수는 울릉도에서 거의 백골 상태의 사체로 발견됐어, 라고 했다. 그래서 유전자 검사로 가족을 찾았고, 핸드폰도 두고 나갔었대. 핸드폰을 두고 나갔다는 말에 손끝으로 힘이 풀려 나가는 것 같았다. 나는 커피잔을 들다 내려놓았다. 이어졌던 지수의 말이 귓바퀴를 겉돌다 흩어지고 있었다.

이혼 후 한식을 전문으로 하는 식당 주방 일을 했단다. 그런데 퇴근길에 쓰러졌다고. 한갓진 골목에서였다고 했다. 식당에서 일한 것까지는 나도 알고 있었다. 숙희와의 마지막 통화가 그쯤이었을 것이다.

왜 식당이야? 숙희가 식당에서 일한다는 말을 들었을 때 내가 한 첫 말이었다.

숙희는 바다를 끼고 작은 식당을 하던 할머니와 어릴 때부터 함께 살았다. 할머니는 숙희가 고졸로 학업을 끝내기를 바랐지만 대학 진학은 숙희의 의지였다. 할머니는 고집이라고 했고, 숙희는 자존심이라고 했다. 친구들은 숙희의 자존심에 표를 보냈다. 나도 그랬다. 당연히 졸업은 힘들었다. 이태 늦게 졸업한 숙희는 첫 직장 이었던 출판사에서 지문이 옅어질 정도로 자판을 두드렸다. 성(誠)과 실(實)을 빼면 그녀에게 남는 건 그림자뿐일 것 같았다. 그런데 왜 식당이 그녀의 직장이어야 하는지, 순간 올라오는 화를 참아냈지만 내가 뱉어낸 말엔 짜증이 가득 묻어났다.

재취업이 힘들었어. 급했고, 당장 일하지 않음 아이 둘은 어떡하니. 괜찮아. 안 해본 알바가 없잖아. 식당일도 내겐 익숙한 일이야.

숙희의 목소리는 의외로 씩씩했다.

내 남자가 생길 것 같아.

나는 그때서야 숙희의 목소리가 처음부터 힘듦만이 아닌 이유를 헤아렸다.

정말? 잘 됐다, 얘. 축하해.

수화기 너머의 숙희가 활짝 웃는 것 같았다. 생기 있는 목소리에서 새로운 생활에 대한 기대와 희망 같은 것들이 느껴졌다. 지금부터 다가올 시간들은 행복할 거란 확신이 거기에 묻어났다. 그 사람을 만난 과정을 얘기하며 숙희의 목소리에 점점 열정이 묻어났고, 이혼 후 막 혼자 살기 시작한 나는 알지 못할 열패감마저 들었다. 곧 식당일도 그만둘 거야. 그이가 고생그만하래, 하며 숙희가 또 웃었다. 나는 정말 잘됐다, 잘 됐구나. 라는 말을 반복했다.

작은 거실을 배회하며 통화하던 나는 숙희와의 통화가 길어질수록 힘이 빠졌고, 핸드폰이 방전 직전이라는 핑계를 대며 종료 버튼을 몇 번이나 눌러대며 통화를 끝냈다.

숙희의 남편이 도박에 손을 대면서 그녀가 얼마나 고단했는지를 알고 있었다. 설득과 회유에도 남편은 도박장으로 달려간다고 했다. 각서도 소용이 없었고, 아이를 이용한 협박도 해 봤지만 소용없었다고 했다. 도박은 손을 자르면 발로하고 죽어선 무덤에서도 한다는 주위의 충고로 숙희는 홀로서기를 했다. 그것이 얼마나 힘든 선택인지를 이해했다. 그래서 그녀의 새로운 출발을 축하해 주고 싶었다. 그녀의 말대로 정말 행복해지길 바랐지만 벽에 기대앉은 나는 밤이 깊도록 무릎을 감싼 채 어둠만 응시했었다.

지수는 숙희의 죽음에 방조자가 된 것 같아 힘들다고 했다. 나도 방조자라면 방조자였다. 친구의 죽음 앞에서 지수와 나는 한동안 말을 잇지 못했다. 커피가 식어가는 동안 띄엄띄엄 추억을 얘기했다. 가까운 과거 속의 현실이 우리가 말하는 동안에도 소실점을 넘어가고 있었다. 우리는 식어버린 커피 두 잔을 둔 채 일어섰다.

지수가 탄 차가 보이지 않는데도 한참을 서 있었다. 돌아서는 순간, 길 위에 우뚝 혼자 서 있는 것 같았다. 익숙한 풍경인데도 몹시 낯설었다. 카페 입구를 장식한 눈에 익은 크리스마스트리와 편의점이 있는 골목과 겨울바람에 흔들리던 마른 나뭇가지들과 날아다니는 비닐봉지와 몸을 잔뜩 움츠리고 지나가는 사람들. 나는 가만히 있기만 하면 익숙해지기라도 하듯 서 있었다. 머릿속엔 같은 말만 자막처럼 흘렀다. 그때 좀 더 신중하라고 말했어야 했어. 아니, 차라리 고향으로 돌아오라고 했어야 했어.

지수를 만난 후 내내 자책했고, 오한이 들었다. 이가 부딪히며 떨렸다. 내 남자가 생길 것 같다던 숙희의 목소리가 귓속을 돌아다녔다.

숙희가 연락하지 않은 동안 나는 그녀의 행복을 상상했다. 무소식이 희소식이란 속담을 떠올리며 굳이 내가 먼저 안부를 전하지 않았으며, 가끔은 질투, 그래 질투였다. 질투가 솟아오르기도 했다. 그런데 자살이라니. 거기다 쓰러진 그녀에게 도움의 손길은커녕 가방부터 소매치기 당해서 행려병자가 됐다고 했다. 가족을 찾았을 때는 치료 시기를 놓쳐서 일 년 가까이 의식이 없다가 깨어났다고 했다.

차가운 겨울바다를 이리저리 떠밀렸을 그녀가 생각나 카디건을 더 단단히 여미며 거실을 서성였다. 손톱을 물어뜯거나 손빗으로 머리를 쓸어 올렸다. 한 가지가 생각을 지배하는 것 같았다. 그 사람. 그 사람. 그 사람…. 아직 서랍 속에 있을 그의 명함까지 생각이 닿았다.

깊숙이 가라앉아 있던 그가 숙희의 죽음과 함께 떠오른 것은 숙희가 그, 라고 말한 남자의 이름이 내가 언젠가 받은 명함의 이름과 같았기 때문이었다. 정기주. 동명이인이라고 해도 M출판 사에서 일한다는 것까지 같았을 때 손은 떨렸고, 창을 단단히 닫았음에도 몸을 훑고 지나가는 바람 때문에 한기가 든다고 생각했다. 어둠에 기대 밤을 지새우다시피 했던 숙희와의 통화는 한동안 나를 힘들게 했고, 그만큼 선명했다.

낮과 저녁 사이가 좋았다. 종일 그 시간만 기다린 것처럼 방에서 나와 바다를 봤다. 나지막한 담장에 두 팔을 올리고 서면, 노을의 잔영이 수평선에 걸려있다 사라지는 것을 볼 수 있었다. 해를 삼킨 바다는 조금씩 납빛으로 변하다 이윽고 검은 빛으로 출렁였다. 그렇게 바다로 넘어간 해가 바닷속으로 빠지지 않는다는 것을 알면서도 나는 그것이 영원히 수장되기를 바랐다. 그리고 그때쯤이면 그의 방에 전등이 켜졌다. 사위가 완전히 어두워진 후에야 밝혀지는 창을 보며 그도 지금쯤의 시간을 즐길 것 같았다.

하루 중 아주 잠깐인 이 시간을 좋아한 건 기억나지 않을 정도로 어릴 때부터였다. 눈을 감으면 팡팡 터지는 빛들이 보였다. 눈앞에서 터지는 그 빛들이 좋아 저녁이면 하던 놀이마저 손에

서 놓고 집으로 돌아오곤 했다. 빛의 입자들이 도깨비불처럼 빙
빙 돌 때쯤 눈을 뜨면 팟, 하며 순식간에 사라지는 건 정말 마술
같았다. 어린 내겐 충분한 즐거움이었다. 그런 나를 엄마는 계집
애가 잔망스럽다며 잔소리를 해댔지만 나는 어른이 되어서도 실
내가 완전히 어두워져야 불을 밝혔다.

어둠 속에서 불 밝힌 그의 창은 노란 색종이 같았고, 내 유년
의 저녁을 떠올리게 했다. 유난히 골목이 좁고 복잡했던 동네는
비탈이 심해 집집마다 바다를 볼 수 있었다. 부산이라는 도시에
서 도심과도 멀지 않은 섬이었다. 재개발 바람도 피해간 그곳은
게딱지 같은 지붕들이 언덕을 따라 처마를 맞대고 있었다.

기주를 처음 보게 된 날, 나는 여느 때처럼 담장에 기대어 수
평선 끝에 걸려있는 노을을 보고 있었다. 낮은 담장에 팔을 걸치
고 오렌지빛으로 물드는 바다를 바라보다 문득 옆에 누군가가
있는 것 같아 고개를 돌렸을 때 그도 바다를 보고 있었다. 험해
보이지 않는 두툼한 손으로 얼굴을 감싼 채 바다를 보며 한 번도
내게로 시선을 돌리지 않았다. 어쩌면 내가 바다를 보고 있을 때
그도 나를 보았을지 모른다. 그러면서 한 번도 내가 자신을 보지
않았을 것이라 생각하는 지도 몰랐다. 우리는 어두워질 때까지
그렇게 있곤 했다.

그렇게 해질 무렵이면 슬며시 나와 어둠이 찾아오는 바다를
습관처럼 확인하고 바닷바람을 등지고 골목 끝까지 산책을 했

다. 돌아오는 길엔 캔 맥주를 두 개씩 사와 저녁밥을 대신했다. 맥주가 든 검은 비닐 봉투를 들고 돌아오면 그의 방에서 가끔 달그락거리는 소리를 들을 수 있었는데 나는 그가 저녁 식사를 하고 있다고 생각했다. 가끔 그런 그의 방문을 여는 상상을 했다.

우연처럼 계절의 한가운데를 함께 해넘이를 봤다. 내가 바닷바람을 등지고 골목을 걷기 시작할 때 그는 방으로 들어갔다. 산책을 끝내고 나의 방으로 돌아오면 그의 방에서는 전등이 켜져 환했다. 방문 옆의 스위치를 눌러 불을 켤 때면 바깥에 나가지도 않았는데도 환하게 밝혀진, 나란한 두 개의 방을 보는 것 같은 착각이 들었다.

숙희의 사망 소식은 친구들에게 자책감을 들게 했다. 너나없이 그랬다. 그것이 서로의 마음을 움직였다. 그리고 소식이 뜸했던 친구들과도 연락하는 계기가 되었다. 그녀의 죽음이 알려질 때까지 그녀가 죽음에 가까운 힘듦을 겪고 있었다는 건 누구도 몰랐고, 몇몇 친구들은 힘든 줄은 알았지만 그만큼인 줄은 몰랐다고 했다.

후회는 일이 벌어진 다음에야 꼬리표처럼 붙었다. 어쩔 수 없다는 걸 알면서도 그 언저리를 서성이며 벗어나는 건 힘들어했다. 진즉 알았더라면 미리 예방하거나 피할 수 있었던 일들은 너무나 많았고 여전히 누구에게나 진행형이었다.

여고 졸업과 동시에 일찌감치 출가했다던 친구가 조그만 암자를 내어 수도 생활을 한다고 했다. 숙희를 위한 천도재를 지내주기엔 가장 적절한 곳이라는 의견이 모아졌다. 수도자의 길을 택한 친구를 알현한다는 뜻깊은 결정이기도 했다.

봄은, 낮엔 초여름 같아서 섣불리 꽃들을 피워 올리고 함부로 지게 만들었다. 바닐라 아이스크림처럼 부드러운 꽃잎을 펼쳐 보이던 목련도 차가운 봄밤을 견디지 못했다. 아파트 마당에 목련 꽃잎이 떨어져 녹슨 함석 조각처럼 뒹굴고 있었다. 어제의 꿈들이 하루를 버티지 못하고 바닥에 떨어진 초콜릿처럼 녹아내리는 것 같았다.

서해안의 소읍 D에 위치한 암자의 주소를 내비게이션에 입력했다. 경쾌한 알림 음과 와 함께 안내를 시작하겠습니다, 란 음성은 가볍기만 했다. 지극히 객관적인 어떤 존재가 기계 속에 있는 것 같아 설핏 웃음이 흘렀다. 그것만으로도 마음이 놓였다. 이제 이 여자가 시키는 대로 목적지까지 가기만 하면 된다 싶었다. 바퀴 아래서 다시 이지러질 꽃잎들을 생각하며 아파트 주차장을 빠져나왔다.

순전히 살아있는 이들을 위한 모임이었다. 참석함으로 친구의 힘듦을 함께 하지 못한 것에 대한 위로를 받고자 했을 것이다. 그건 누구보다 내 마음이기도 했다. 기주에게 전화를 한 건 친구들과의 약속 삼 일 전이었다.

개펄에 반쯤 파묻힌 목선이 띄엄띄엄 쓰러져 있는 모습은 내겐 생경한 풍경이었다. 개펄 끝엔 해산물을 늘어놓고 파는 난전이 있었고, 그곳을 지나자 기주의 빌라가 보였다. 이름은 빌라였지만 연립주택이 정확한 명칭일 것 같았다. 오래된 건물은 해풍을 맞아 짠 기운이 배여 있는 듯 축축해 보였다. 낡아 보이는 외벽을 문지르면 소금기가 묻어날 것 같아 공연히 쓸어보곤 손바닥을 털어냈다.

전등 스위치를 올리자 몇 번 망설이다 어쩔 수 없다는 듯 형광등이 켜졌다. 지잉, 하며 전기 흐르는 소리가 크게 들려 나는 전등을 올려다보았다. 전등을 중심으로 새로 붙인 도배지가 얼룩처럼 붙어 있었다.

미처 처리하지 못한 재활용 쓰레기들이 한쪽 구석에 쌓여 있었고, 출입문 안쪽에 붙어 있는 배달음식 전단들이 혼자 살아가는 흔적 같았다.

한쪽 벽면을 차지하고 있는 책장은 습기 머금은 책의 무게를 이기지 못한 듯 가운데 부분이 처져 있었다. 세워진 책 위를 가로로 다시 책을 쌓아 올려 위태로워 보였다. 시선이 갈 데라곤 책밖에 없어 나는 제목들을 읽어 나갔다. 그냥 눈에 보이는 글자들을 읽었다. 제목이 가지는 의미나 그것들의 속성이나 내용들에 대해서는 전혀 궁금하지 않았다. 그가 식사를 준비하는 동안 나는 가끔 제목 위로 손가락을 짚어보기도 했지만 빼서 보지는 않았다.

우리는 몇 겹의 신문을 깔고 계란프라이와 조미된 김, 멀건 된장국을 차려 밥을 먹었다. 그는 계란프라이를 떼어 밥을 뜬 나의 숟갈에 몇 번 얹어주었다. 식사 후 그는 개수대에 달려 있는 수도를 틀어 물을 받아먹었다. 자신이 썼던 컵에 수돗물을 받아 내게도 건넸다. 입안 가득 고였던 수돗물이 식도를 타고 내려가 계란프라이와 김과 된장에 도포되는 것 같았다. 트림 속에서 수돗물 냄새가 섞여 올라왔다.

그날 밤 그는 책상 의자에, 나는 그가 말아놓은 이부자리에 기대앉아 밤이 이슥하도록 얘기를 했다.

이혼 후, 그는 '부산의 골목엔 이야기가 있다'란 기획 출판에 동참하며 한동안 그 동네에 살게 됐다고 했다. 소소한 삶들이 결국 골목이 만들어온 문화였다고. 주거형태가 아파트로 변하며 어쩌면 기억에서 멀어져가는 이야기들의 기록이 될 것이라 했다. 나도 그곳에 가게 된 이야기를 대충, 힘든 고백처럼 말했다. 그가 세세히 알고 싶어 하는 건 아닌 것 같았다. 지내기가 좀은 불편하지만 정겨운 동네란 말을 덧붙였다. 그리고 곧 그곳을 떠나게 될 것 같다는 얘기를 했지만, 이유가 이혼이라고는 하지 못했다. 그는 인사도 미처 못 하고 급하게 떠나게 되었다는 사연을 또 길게 얘기했고, 나는 남겨준 메모를 잘 봤다는 얘길 했다. 이야기를 잇지 못하는 사이사이로 파도가 쓸려 나가거나 밀려 들어오는 소리가 들렸다. 그럴 때면 어떤 말이라도 끄집어내야 할 것 같아 최근에 읽은 책 이야기나, 시시껄렁한 말들로 시간을 이었다. 이야기를 하면서도 파도가 순서대로 밀려와 하얗게 부서지는 밤의 개펄이 생각났다.

기억 속의 하루하루들은 한 겹씩 접혀 있다가 어느 날 추억이라는 회로를 지나게 되면, 어쩐지 조금씩 윤색되어 회상되는 것 같다. 마치 오래된 칼라사진이 어느 날 보면 색이 살짝 변하여 화창했던 봄날도 스산한 가을 저녁처럼 느껴지듯. 그러면 화창함 때문에 보이지 않았던 표정이 더 섬세해지며 입가의 미소와 서늘한 눈매는 더 드러나듯이. 그렇게 회상의 장면들은 뇌리가 알아서 하는 편집을 거쳐 추억되나 보다. 그래서 추억의 어떤 부분들이 믿을 수 없거나 그렇기 때문에 더 믿고 싶은 것들도 있었다.

그때 나에겐 전문 수채화용 스케치북 한 권과 연필만 있었다. 그것으로 하루를 맞고 보냈다. 좁고 어두웠던 방에서 연필을 깎거나 그림을 그렸다. 생각나는 것들을 두서없이 그렸던 세밀화였으나 결국엔 연필로 덧칠해 덮어 버렸고 그래서 나중엔 처음부터 모래 언덕을 그렸던 것처럼 사막이 거기 있었다. 사막 속에는 제비꽃과 얼레지, 도라지꽃 같은 작은 꽃들과 해바라기나 칸나, 접시꽃, 과꽃들이 주검처럼 묻혀 있었다.

마음 가는 대로 무심코 그렸다. 그렇게 그린 꽃들이 꽃다발로 묶일 수 없는 것들이란 것을 깨달은 건 그의 짧은 메모 때문이었다.

그는 어쩌다 내 방의 문을 열어보았는지 모르겠다. 골목을 산책하고 바람이 좋아 다시 바다로 이어진 골목을 한 바퀴 돌아왔을 때 그의 방은 불이 꺼져 있었다.

적막했던 순간이었다. 계절이 하나 지나가는 듯 바람이 일었지만 시간은 영원처럼 길었다. 나는 이미 어두워진 바다를 한 참 바라보았다. 하지만 그의 방에는 오랫동안 불이 켜지지 않았다.

방문을 열자 틈새에서 뭔가가 툭 떨어졌다. 하얀색 메모지였다.

　─꽃다발로 묶일 수 없는 꽃들……*希願*

희원. 무엇을 기대하고 바라는 것일까. 메모지라고 생각한 것은 명함의 뒷면이었고 앞은 정기주란 이름과 소속된 출판사가 인쇄되어 있었다. 내게 남긴 그의 짧은 메시지는 다시 만나게 될 때까지 읽어야 할 긴 편지 같았고, 그가 말한 '희원'은 나의 바람을 대신하는 것 같았다.

애써 덮어 놓았던 모래들을 지우개로 다시 지우기 시작한 건 그를 본 이후였다고 기억한다.

지우개의 모서리를 이용하여 섬세하게 지우다 빛이 반사되어 환한 곳이나 빛이 닿지 못한 곳은 그대로 두었다. 종일 사용한 지우개는 저녁이면 가루가 되어 무덤처럼 쌓였다. 나는 그렇게 지난날들을 무덤처럼 덮어갔던 것 같다.

다시 지워서 그림을 만드는 일은 오래 걸렸지만 딱히 할 일도 없는 시간들이었다. 그러다 해가 져서 낮과 저녁이 섞이는 시간이면 어두워지는 바다를 바라보는 일이 일상의 전부였으니까.

시간들이 지워낸 바탕에는 제비꽃이나, 할미꽃, 때로는 구두와 반지 같은 것들의 형태가 다시 나타났다. 그리고 그것들은 베두인이 입은 옷의 무늬가 되거나 사막의 모닥불 속에서 타고 있기도 했다. 사막을 가르며 묵묵히 살아내는 방랑자가 거기 있었다. 부드러운 모래 언덕을 따라 낙타를 타고 행진하는 모습이나 모닥불을 피워 올리고 불빛에 반사되어 빛나는 그들의 얼굴이 거기 있었다.

사막을 걷고 있다는 생각을 하곤 했다. 뜨거운 햇살 아래 부르튼 입술을 마른 혀로 적시며 터벅터벅 한 걸음씩 옮기거나, 모래의 광풍을 온몸으로 막아내며 한 발자국씩 나아가는 상상의 시간이었다.

그건 나의 모습일 수도 있었다. 어쩌면 기주의 모습이기도 했다.

이 동네로 든 후 첫 나들이였다. 긴 시간을 차창을 스치는 풍경을 보며 그가 일한다는 출판사를 약속도 없이 찾아갔다. 그리고 미리 입력해둔 그의 전화번호를 찾아 눌렀다. 지금 생각하면 어쩌면 무작정 떠나보자는 핑계였을지도 모르겠다.

우리는 개펄이 가장 고요해질 때쯤 잠들었던 것 같다. 베개가 하나밖에 없다며 그는 팔을 내주었다. 나는 그의 팔을 베개 삼아 누웠고, 그의 가슴에 얼굴을 묻었다. 그가 머리를 쓰다듬었다. 한

품으로 안는 그에게 나는 조용히 잠겼다. 등에서 물결이 찰랑였다. 눈물이 흘렀다.

그의 집을 나오기 전 책상 위에서 봉투 하나를 찾았다. 봉투에는 두서없는 낙서가 흘려 써져 있었고 담뱃재가 묻어있었다. 엄지와 장지로 담뱃재를 툭툭 털고 봉투 속에 약간의 돈과 짧은 메모를 넣었다. 냉장고 사는데 도움이 됐으면 좋겠어.

기주와의 조우를 나는 혼자 회상했고 회상할 때마다 조금씩 윤색시켜 마음속에 담아 두었는지도 모른다. 그때 내가 삐져냈던 연필의 깍지들과 종이 위에서 사각거렸던 그 소리까지. 마치 오랫동안 펼쳐보지 않을 앨범처럼.

그는 쓸쓸했을까? 쓸쓸함이나 외로움 또는 고독에 대해선 한 마디도 없었다. 그런데 나는 그의 빌라가 쓸쓸하다고 추억한다. 그것이 현실이 아니라 하더라도 나의 기억은 그러했고 숙희의 죽음 또한 어쩔 수 없이 그러했다.

숙희는 어쩌다 그 먼 바닷가를 찾아갔을까. 학업을 이어가기 위해 아르바이트를 가림 없이 전전하면서도 숙희는 특유의 씩씩함을 잃지 않았다. 친구 몇몇이 돈을 모아 용돈에라도 보태라 하면 고맙다며 받아 넣던 배짱도 있던 아이였다. 다음에 다 갚겠다며 친구들 안부도 꼼꼼히 물어보던 여유 있는 아이였다. 인간 승리다, 인간 승리! 축하하는 친구들을 향해 외쳤던 숙희의 졸업식이 눈에 선했다.

이혼 후에도 숙희는 그곳에서 지냈다. 친구들이 고향으로 내려와서 지내면 어떻겠냐고 권했지만 위쪽 생활을 접지 못했다. 익숙하고 일감이 많다는 게 이유였다. 그런 숙희가 정말 몇 번의 버스와 배를 갈아타며 울릉도까지 갔을까.

다시 돌아오지 않을 것을 알고 떠나는 길은 얼마나 긴 여정일지. 핸드폰까지 두고 갔다는 지수의 말에 나의 생각은 계속 머물렀고, 혼자 배를 타고 내렸을 숙희의 모습이 마치 오래전에 본 영화의 필름처럼 재생되곤 했다. 숙희가 의식을 되찾았을 땐 이혼했던 전남편과 두 아이가 함께 살고 있었고 본인 또한 그곳에 있었다고 했다.

조각들을 잃어버려 맞추어지지 못한 퍼즐처럼 숙희의 희망은 의식 바깥에 흩어져 있었을 것이다. 긴 잠에서 깨어난 그녀의 눈에 들어 왔던 첫 풍경에 얼마나 황당했을까. 눈뜬 자리가 희망했던 곳이 아니란 것은 자신만 알고 있었겠지. 빗나간 시간에서 머뭇거리는 소망에 선뜻 손 내밀지 못했을 숙희를 생각하면 마음이 아팠다. 그때마다 명치라도 문질러야 했다.

톨게이트나 인터체인지가 있는 곳은 어김없이 차가 밀렸다. 습관처럼 엑셀레이터와 브레이크를 번갈아 밟으며 천천히 나아갔고 이런저런 단편적인 생각들이 이어져 마치 시공을 벗어난 것 같은 착각이 들었다. 꽃놀이 행락객을 실은 관광차들이 흔들,

하며 지나갔다. 커튼을 모두 닫은 차창 안에는 저마다의 고된 일상들이 고성으로, 몸짓으로, 부서지고 뭉개지고 있을 것이다. 단속을 한다고 해도 버스 안의 음주 가무는 여행이 주는 즐거운 놀이인 듯 했다. 앞서가는 차에서 어린아이 둘이 뒤로 돌아앉아 손을 흔들거나 혀를 날름거리며 장난을 쳤다. 긴 시간을 도로 위에서 보낸 탓일 거다.

신록으로 물들기 시작한 산들이 군데군데 마른버짐 같은 산벚꽃을 피워내고 있었다. 제대로 속력을 내지 못한 채 내비게이션은 2킬로미터 앞에서 오른쪽으로 빠져나가길 예고했다. 밀리는 차들 때문에 2킬로미터가 몹시 길게 느껴졌다. 한참 후 1킬로미터 앞 우회전을 예고했고 이어 500미터 앞 왼쪽 방향을 예고했다.

고속도로를 빠져나오자 언제 그랬냐는 듯 도로는 한산했다. 하얗게 이어지는 국도가 줄다리기가 끝난 운동장에 길게 늘어져있던 동아줄을 생각나게 했다. 시간은 친구들과의 약속 시간에 가까워져 있었지만 가야 할 길은 아직 먼 듯했다. 바람이 부는지 도로변에 만개한 벚나무의 꽃잎들이 나를 향해 날려 왔다. 무연히 날아드는 잎들이 차창에 붙어 있거나 다시 날아갔다. 구름 같았던 숭어리들이 화르르 흩어지고 있었다.

지는 꽃잎을 보며 허공을 붙잡았던 수많은 손톱들이라고 노래한 시가 생각났다. 안간힘을 다해 허공을 휘저었을 숙희의 손.

어두운 바다 너머 어떤 것이라도 본 것일까. 무엇을 보며 앞으로 나아간 것일까. 밀쳐놓았던 간절함에 팔을 뻗어 보았을지도 몰랐다. 누가 불러내는 듯 이끌려갔을 것이다. 차가운 바다에 몸을 담그며 앞으로 조금씩 나아가는 그녀의 모습이, 팔을 뻗어 마지막으로 쥐었을 바닷물 한 줌이 날리는 꽃잎 속에 있는 것 같았다. 어떤 것도 잡지 못했던 숙희의 손톱 같은 꽃잎들이 분분히 날리고 있었다.

긴 시간을 잠잤던 숙희에게 가벼운 우울증이 찾아왔다고 했다. 끊어진 회로처럼 기억이 도막나 왜곡되어 있거나, 발음이 어눌했다고도 한다. 어떤 친구는 야무졌던 숙희의 모습은 찾아볼 수 없었다고도 했다. 약을 지속적으로 복용하고 있었고, 주머니에는 집 주소와 비상금이 항상 들어있었다고 했다.

정리되지 못한 감정들이 밀려들었다. 차를 세우고 핸들을 잡은 채 앞을 응시했다. 흩어지는 빗방울 같은 꽃잎들이 차창으로 내려앉거나 바람에 밀리며 도로변을 하얗게 덮고 있었다. 허공을 잡았던 무한한 손톱들이, 누구에게도 들키지 못한 아픔들이 그렇게 쌓였다 사라질 것이었다. 밀려들던 꽃잎들은 차창을 내리지 않았는데도 내게 날아와 안겼다. 나의 손톱들이 가슴을 할퀴었다. 그리고 한 덩이로 뭉쳐져 가슴 밑바닥부터 올라왔다. 습관처럼 삼켰지만 그것은 의지와는 상관없는 듯 맹렬하게 다시 올라왔다. 몸집보다 커진 그것은 목구멍으로 터져 나왔고 눈물이 흘렀다.

숙희와 통화 후 나는 그가 준 명함을 서랍 깊숙이 넣어버렸다. 명함은 네 귀퉁이가 닳았고 손때가 묻어 얼룩져 있었지만 나는 그것을 버리지 못했다. 그리고 그가 생각날 때면 한 번씩 해 먹던 그 멀겋던 된장국과 계란부침을 더 이상 먹지 않았다. 아니, 먹지 못했다. 어쩌다 먹게 된 된장국을 나는 미친 듯 게워냈고, 그 시간 이후 한 번도 끓이지 않았다. 그의 말대로 나는 꽃다발로 묶일 수 없는 꽃일 수도 있었다.

그날 기주는 다 피운 담배를 비벼 끄며 일부러 나를 만나러 올 필요는 없어, 라고 말했다. 나는 그의 말에 왜? 라고 말하지 못했다. 오히려 그렇지? 라고 했다. 나는 캔버스화 앞코로 눈부신 시멘트 바닥을 쿡쿡 찍었고, 그는 땀에 미끄러지는 안경을 고쳐 썼다.

하지만, 어쩌다 여기 올 일이 있을 땐 꼭 와줘.

그의 마지막 말은 오 년이라는 시간 동안 읽어 내린 또 하나의 편지였다. 그리고 그와의 두 번째 해후에서 숙희의 죽음을 전해야 한다. 곧 현실이 될 그 시간이 여름날의 아스팔트 위에 꼿꼿이 서는 일 같다. 내가 보낸 계절들은 모두 여름이었나 보다. 겨울도 여름이었나 보다.

춘분을 막 넘긴 해가 서쪽으로 기울고 있었다. 바람이 불면서 꽃잎은 비처럼 내렸다. 다시 시동을 걸었다. 화장이 번져 얼룩진 얼굴이 룸미러에 보였다. 콤팩트를 꺼내 대충 눈가를 문지르고 시동을 걸었다. 친구들과의 약속 시간은 이미 지나가 지키지 못할 것이 되고 말았다. 하지만 늦더라도 친구들은 그곳에 있을 것이었다.

경로를 이탈했습니다, 경로를 이탈했습니다. 내비게이션이 외쳐댔다. 어디서 잘못된 걸까. 난감했다. 마지막 500미터 앞 좌회전을 섣불리 한 것 같았다. 좀 더 가야 할 것을 급한 마음에 서둘러 한 것인지도 몰랐다.

문자 메시지 알림이 울렸다.

미안해. 약속을 못 지키게 됐어. 회사에서 급한 출장을 가게 됐어. 담에 보자. 잘 다녀가고.

기주의 메시지였다.

앞으로 차를 몰았다. 목적지에서 먼 곳은 아닌 것 같았다. 가다 보면 길은 연결될 수도 있을 것이다. 막다른 길이란 이런 곳에서 만나는 건 아니니까.

차창을 내렸다.

벚꽃길이 끝나고 들판 가운데를 나는 달리고 있었다. 물을 담은 들판이 거울처럼 하늘을 받아내고 있었다. 바람이 차창을 관통하는 소리가 요란했다. 야! 소리쳤다.

넌 뭐야!

뭐 하는 새끼야!

도대체 넌 뭘, 뭘 했냐구!

목소리가 바람을 이기는 깃발처럼 귓전에서 펄럭였다.

전화가 연달아 울렸다. 먼저 도착한 친구들일 것이다.

가속페달을 밟았다. 들판 가득 노을이 출렁였다. 장엄하고 아름다웠다.

캡슐 No.311

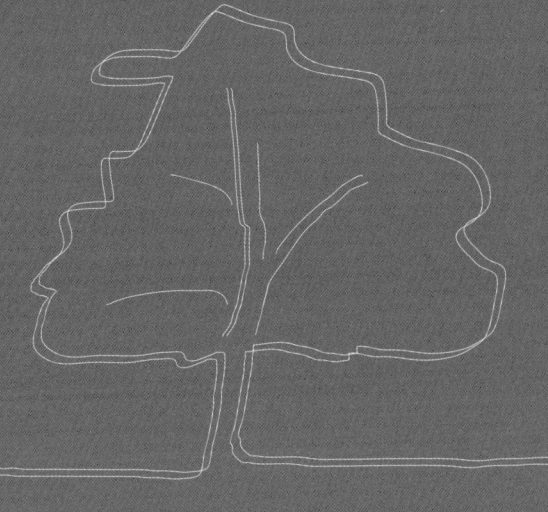

캡슐 No.311

정부에서 제공한 택시는 안락했다. 나는 뒷좌석에 파묻히다시 피 몸을 기댔다. 차창으로 쏟아져 들어오는 봄볕이 따뜻하여 자 다 깨다를 반복했다. 누가 흔드는 것처럼 화들짝 놀라 정신을 차 렸을 때 소나무 숲 사이로 오렌지색 기와지붕이 보였다. 차창 밖 잔솔 사이로 쏟아지는 햇살이 눈부셨다.

따뜻한 봄볕 속을 걷고 싶었다. 나이가 들면서 그나마 걷기를 좋아하는 것이 위로가 되곤 한다. 택시를 세우고 내렸다. 기사는 입구가 바로 저긴데 그냥 계시면 모셔다 주겠다고 했지만 그래 서 나는 더 걷고 싶었다.

짐이라고 해 봤자 바퀴가 달린 작은 여행용 가방이 전부였다. 트렁크에 있던 가방까지 친절하게 내려준 택시 기사는 그래도 아직 바람이 찬데 고집을 피우신다는 뒷말을 남기고 차를 돌렸다. 택시가 시야에서 사라지는 것을 보며 걸음을 뗐다.

오른쪽 어깨에 걸친 작은 가방을 열어 손을 넣었다. 선글라스가 잡히지 않는다. 가방을 뒤집어 털어버렸다. 핸드크림과 지갑과 손거울이 쏟아지고 선글라스가 도로 위에 떨어지며 왼쪽 렌즈가 튀어 나가 아스팔트 위를 굴렀다. 성가셨다. 흘러내린 머리카락을 귀 뒤로 넘기며 하늘을 봤다. 쨍했던 햇살과는 달리 하늘은 안개가 낀 듯 부옇다. 황사 주의보가 있었었나 생각해 보지만 기억나지 않았다. 봄은 아버지의 천식이 심해지는 계절이기도 했다. 호방했던 성격에도 천식이 끓기 시작하면 짜증이 늘었던 아버지와 늙어서도 꼬장꼬장했던 어머니가 생각났다. 떨어진 물건들을 천천히 주워 담으며 객담이 가랑거리던 아버지를 생각했다. 목에 이물질이 끼인 것 같아 나도 모르게 헛기침 올라왔다.

생각이 꼬리를 물기 시작하면 끝도 없이 예전의 이야기들만 머릿속을 가득 채워져 가끔 넋 나간 사람처럼 되곤 한다. 넋이 있다면 그 순간 빠져나간 것이 맞을 것이다. 오래 살다보면 그리 되는 것 같다. 여기에 온전히 있는 나는 사라지고 어느 새 과거의 어떤 시간에 서있다.

나는 나를 보지 못한다. 그래서 얼마나 먼 곳을 응시하고 있는지, 어떤 표정을 짓는지, 잔주름이 들어붙어 합죽해 보이는 입술을 벌리고 있는지조차 몰랐다. 금방 정신을 차리곤 했지만, 그런 모습이 나는 새삼 낯설어 순간 멍해지곤 한다. 그리고 무엇을 하기 위해, 또는 어디를 가야 하는지를 다시 깨달아야 했다. 지나던 사람들이 고개를 갸웃거리거나 어린 녀석들이 손가락으로 머리 위 허공에다 동그라미를 빙글빙글 그리는 모습이 보이면, 나는 그리 급할 것도 없다는 듯 다시 걸음을 옮기곤 한다. 남들의 시선이 거두어질 때의 부끄러움보다 살아 땅위에 서 있을 수 있음에 가슴을 쓸어내렸다.

돌아가시기 전 어머니는, 육신을 벗어난 영가도 그것을 벗어난 줄 모르고 배고픔과 추위와 아픔과 같은 원초적 감정에만 휩싸인다고 했다. 그러면서 내가 보이니? 라며 아침이면 묻곤 했다. 그리고는, 나한테 잘해. 죽어서도 서러운 건 앙갚음을 한단다. 어이구, 무서워하며 몸서리를 쳤었다.

아스팔트로 매끈하게 포장된 길은 이차선 도로였으나 오가는 차는 보이지 않았다. 달달달 거리는 여행용 가방의 바퀴 소리 사이로 가끔 휘파람 소리가 들렸다. 반복되는 휘파람 소리가 새의 지저귐이라는 생각이 들었다. 걸음을 멈추고 귀를 기울였다. 걸음을 멈출 때마다 새들의 지저귐은 환청이었던 듯 사라지곤 한다. 따뜻한 햇살과는 달리 길 양옆의 소나무 숲에서 불어오는 바람은 싸늘했다.

성급한 결정을 한 것 같아 후회스럽긴 했지만 떠나간 택시를 다시 돌릴 수는 없었다. 두 번째 백내장 수술을 한 눈에서 눈물이 흘렀다. 차고 건조한 바람과 햇살 때문인 것 같아 손바닥차양을 만들어 햇빛을 가렸다. 눈물 너머 흰색 출입문이 아지랑이처럼 흔들렸다.

감은 눈 속으로 밝음이 감지되었고 이내 눈물이 고인다. 수술 후 나의 눈은 약한 빛도 견디지 못한다. 베갯잇으로 눈물을 훔치고 방안을 살펴본다. 그녀는 일찌감치 아침 산책이라도 나선 걸까. 커튼에 여과된 아침 햇살이 부드럽게 쏟아지고 있다.

방은 작다. 어제는 느끼지 못했던 것들이 눈에 들어왔다. 낯선 공간은 모든 게 어색했고, 환영회니 뭐니 하는 통에 피곤에 절어 잠들어버렸다. 천장이 낮아서 키가 큰 사람이 서면 머리가 닿을 것 같다. 침대도 싱글 사이즈라지만 그것보다는 작아 보인다. 노인들 체구에 맞춘 것이라 짐작했다. 창을 중심으로 같은 모양의 침대가 두 개 나란히 있고, 창 아래엔 협탁이 있어 양쪽의 침대에서 함께 사용할 수 있다. 나는 아직 아무것도 올려놓지 못했다. 그녀의 침대 쪽으로는 가족사진처럼 보이는 액자가 세워져 있다. 액자 앞에 에펠탑이 프린트되어 있는 머그잔이 있다. 먹다 남긴 듯 커피가 반쯤 채워져 있다.

원장이 소개한 룸메이트는 마른 체구에 키가 작았다. 허리와 어깨가 굽어 더 왜소하게 보였다. 짧게 자른 머리의 웨이브가 자연스러웠고, 뒤로 넘겨 빗어 드러난 이마가 반듯했다. 오래전에 염색을 한 듯, 끝부분은 갈색빛이 돌았으나 위로 갈수록 완전한 은발이었다. 창으로 들어오는 햇살이 그녀의 머리 위에서 반사되어 자잘한 은빛으로 부서졌다. 그녀는 활짝 웃었고, 희고 가지런한 이가 의치임을 알 수 있었다. 작고 야윈 얼굴에서 웃음이 물무늬처럼 번졌다.

"지은영입니다. 반가워요."

지은영, 귀에 익은 이름이었다. 그러면 금방 기억이라도 날듯해서 은영, 은영, 은영, 몇 번 마음으로 불러 보았다.

"이름이 흔해서 다들 아는 사람을 들먹이곤 해요."

나도 그중 한 사람이었구나 싶어 웃어 넘겼다.

"복도를 중심으로 방은 모두 남향이에요. 복도 다른 쪽은 활동 실이죠. 요가든, 헬스든 원하는 활동을 할 수 있고 도서관도 있어요. 하지만 도서관을 찾는 사람은 거의 없는 것 같아요. 가끔 영화를 볼 수 있는데 영화를 상영하는 날엔 제법 사람들이 모인답니다. 주방은 복도 중앙에 있어요. 층마다 있기 때문에 식사때마다 엘리베이터를 타고 오르내리지 않아도 되죠."

은영의 안내를 기억하며 살며시 방문을 열었다.

"워미, 워미, 어제 누가 온다더만 이녁인갑소? 반가버요. 반가버."

남도 사투리로 호들갑스럽게 인사들 건네는 통에 긴장이 한순

183

간에 풀렸다.

"네, 어제 오후부터 여기서 살게 됐네요. 잘 부탁드려요."

"앗따, 이 나이에 잘 부탁하고 말고가 어디 있소. 다 같은 신세 아니겠소? 나는 여거여거 9호에 있다요."

출입문을 열고 들어가려던 두 여자가 다시 나오며 말을 건넸다. 한 사람은 키가 조금 큰 듯하며 마른 체형이고 한 사람은 작달막하고 배가 나왔다. 키 작은 여자는 머리를 검게 물들이고 짧게 잘라 깔끔해 보였다. 그녀가 자기소개 겸 인사를 건네 왔다.

"9호 보살이라고 불러주쇼 잉."

"네, 전 김현진이라고 해요."

나의 소개에, 옆에 있던 여자가 "난 그냥 큰 9호라 함디." 하며 웃었다.

"11호 은영은 이제 되얐네. 그동안 짝이 엄서서 원장도 걱정 안 했소. 앗따 이제 한 시름 놔부렸네."

하루아침에 달라질지도 모르는 노인들의 건강을 염두에 두고 하는 말이라 이해했다.

"11호는 지금 사우나에 있어예. 아이고, 어쩌나 부지런한지 아침에 항상 사우나 안합니꺼. 우리도 거서 오는 기라요. 아이고, 물이 마 사방에서 나와 가꼬 가마이 있어도 자동으로 씻어 줍디. 아이고, 참 편한 세상이지예. 하하. 사우나는 1층에 있어예."

큰 9호는 묻지도 않은 말을 하며 너스레를 떨었다. 말끝마다

'아이고'란 감탄사를 붙였지만 습관인 것 같았다.

나이가 들면 말투가 달라졌다. 자신도 모르게 고향 사투리가 툭툭 튀어나오다 그것이 본디 자기가 썼던 말이었던 것처럼 자리를 잡았다. 돌아가신 어머니도 나이가 늙어갈수록 어린나이에 떠나왔던 영남 사투리를 써댔다. 어머니의 합천 사투리는 내게 고역이었다. '어풀어풀'(빨리빨리)이라든지 '지룽장'(간장)이라는 말을 본래 사용했던 말처럼 할 때, 당황하는 나를 보며 성 마른 어머니는 짜증스러워했다. 전국규모의 시설이라 지방 사투리가 흔할 것이었다.

복도를 지나가던 노인이 나를 힐끔거렸다. 낯선 사람에 대한 관심이리라. 노인들이 잠옷을 입은 채 복도를 천천히 오가는 모습이 보였다. 구둣발인 내 발자국 소리만 복도를 규칙적으로 울렸다. 트렁크 속에 있을 실내화를 생각했다.

복도 중앙에 있는 엘리베이터로 갔을 때 옆으로 '영상실'이라는 돌출된 팻말이 보였다. 문을 열어보았다. 한 직원이 컴퓨터 모니터를 말아 보관 박스에 담고 있었다. 모니터가 든 박스와 마이크가 달린 헤드셋이 나란히 놓인 테이블엔 칸막이가 되어 있었다. 음성 인식 컴퓨터는 노인들이 쓰기에 편리했다. 여기서 혼자만의 동영상을 볼 수 있을 것이다.

엘리베이터 앞에 서자 마침 문이 열렸고 은영이 내렸다.

"일어나셨어요? 새벽에 보니 곤히 자는 것 같아 조용히 나왔어요. 잠자리는 편안했어요?"

젖은 머리카락이 탄력 있게 곱슬거렸다.

"네, 잘 잤어요. 꿈도 꾸지 않고 잤네요."

부러 은영을 찾아 나선 것 같아 계면쩍었다. 이럴 땐 슬쩍 웃
는 것이 상책이다.

"혹, 코는 골지 않던가요?"

"안 안곤 거 같아요. 모르죠. 나도 잠들면 누가 메가도 모르니
까요."

은영도 함께 웃었다. 무장해제가 되듯 그녀의 얼굴엔 파장이
일었고 그것이 묘한 안도감을 주었다.

마당을 산책하는 노인들이 보였다. 빛이 한꺼번에 눈으로 쏟
아졌다. 고인 눈물너머 그들의 검은 실루엣이 햇살 속으로 사위
어질 것처럼 작아 보였다.

마당 한쪽에 고목이 된 감나무가 있었다. 언제부터 여기서 자
랐던 걸까. 이파리마다 아침 햇살이 걸려있어 연초록 유리공예
같다. 새것들은 모두 빛나는 걸까. 몇 번쯤 이것들을 다시 볼 수
있을까. 나무 둥치를 쓸어 보았다. 거칠고 갈라진 목피를 쓰다듬
는 나의 손등이 나무와 다르지 않다. 뿌리 가까이엔 초록빛 이
끼들이 자리 잡고 있어 나무의 수령을 짐작하게 한다. 갈색 바탕
팻말에 흰색으로 '고욤나무'라고 쓰여 있다. 감나무가 아니었구
나 생각하며 싸늘한 아침 기운에 옷깃을 여몄다.

객담이 들러붙은 마른기침이 간간이 들렸다.

은영이 화장실에서 컵을 씻어 나왔다. 화장실 입구는 방수커튼으로 되어있어 문이라고 할 수 없었다.

분홍색 에펠탑이 수채화처럼 그려져 있는 머그잔. 손잡이가 컵을 한 바퀴 돌아 입구보다 약간 높이 올라와 있는, 카라라는 꽃잎처럼 보이는 아래가 날씬한 컵. 독일산 도기로 튼튼하고 실용적이어서 한 때 유행했던 제품이었고, 남편을 졸라 백화점을 두어 바퀴 돈 뒤 손에 넣을 수 있었던, 네 개가 한 세트로 구성된 것이었다.

"아, 그 컵......"

은영이 가던 걸음을 멈추고 돌아본다.

"나도 가진 적이 있었어요."

은영은 젖은 컵을 티슈를 뽑아 닦아내고 몇 장을 더 뽑아 돌돌 말았다. 컵은 성충이 금방이라도 튀어 나올 것 같은 고치처럼 보였다.

"주방에서 먹는 것을 모두 해결해요. 혼자 커피라도 한잔하고 싶을 때 사용한 컵은 세면대에서 씻어버려요. 식당 자동개수대에 넣으면 되지만, 그런데 그렇게 하기가 싫어서......."

은영은 그것을 자신의 붙박이에 넣으며 말끝을 흐렸다.

컵은 없애 버렸다. 한 개 한 개 던져서 모두 깨뜨렸다. 분홍
색 에펠탑이, 초록색 피사의 사탑이, 붉은 앵무새와 물소가, 하
나는......, 푸른 평화의 여신이었나? 차례차례 완파되어 흩어지는
모습이 다시 보는 필름 같다. 산산이 갈라져 튀어 오르던 사금파
리들. 집안을 날카롭게 울렸던 소리가 사라지면 또 다른 컵을 던
졌었다. 귓속을 울리던 소리의 공명이 파편 속으로 내려앉았을
때의 적요. 발등 위로 흩어진 하얀 사금파리들. 조심도 없이 걸
어 나왔던 주방 바닥. 뜨거운 발바닥에 닿던 대리석의 차가운 느
낌. 뒤를 따라오던 붉은 발자국이 또렷이 떠올랐다.

시간이 흐른 뒤에는 감정만 남는다. 죽을 것 같은 분노도, 절대
잊히지 않을 것 같은 슬픔도 시간이 지나면 잊혀졌다. 잊혀진 자
리엔 단순히 흔적만 딱지처럼 남았다. 시간의 틈바구니에서 그
것조차 걸러져 나가면 떨어진 딱지 대신 희미한 느낌만 남아 가
끔 속을 앓았다.

기억은 정신이 아니라 마음으로부터 오는 것일까. 마른 가슴
이 고동치다 고요해졌다. 소실점 너머 있던 기억이 이렇게 선명
해지다니. 내게 있어 그것은 통점 같은 것이었나 보다. 어제처럼
기억 선명한 일이었지만 꼽아보면 육십여 년이란 시간이 더께처
럼 얹혀 있었다.

남편이 여자를 찾은 건 낮 시간이었다. 그녀를 더 이상 살롱으
로 나가게 할 수는 없었노라고 했다. 사랑한다고 했다. 맙소사!

사랑이라니? 왜? 충만한 사랑 뒤에 그녀가 시를 읊었다고 했다. 시를? 그것 하나뿐이었니? 사랑을 나눈 후 낭송하는 시는 황홀했다고 했다. 시를 알고, 시를 쓰고 시를 읽는 여자를 남자들의 소굴로 보낼 수는 없었다고 했다. 그래서 붙잡기로 했단다. 낮에는 그녀의 남자가 되기로 했단다. 그래서 돈이 필요했고, 대출을 했고, 통장에서 출처 모를 지출이 있었다고 했다. 그랬군요. 그런 사연이 있었군요. 나는 웃었던 것 같다. 그렇게 기억하고 있다. 조소와 슬픔과 비열한 웃음이었을 것이다. 물을 삼키려 했지만 걸린 듯 넘어가지 않아 내리쳤던 컵이었다.

치기 어린 나의 웃음소리가 들리는 것 같아 귀를 막았다. 개어 놓은 이불 위로 누웠다. 아니 무너졌다.

맞다. 그녀의 이름도 은영이었다. 은영, 어디선가 들어 익숙함이 느껴졌던 이유가 있었다. 은영은 그런 여자가 아니야. 함부로 말하지 마. 남편의 입에서 은영이라는 이름이 튀어 나왔고 나는 남편의 뺨을 쳤다. 한 번쯤은 맞아 주겠다고 각오한 사람처럼 남편의 행동은 의연했고 나는 그만큼 격노했다. 남편은 나로부터 벗어나려 애썼다. 사랑이 없는 결혼 운운하며 이혼을 요구했다. 남편의 설득은 집요했지만 나는 남편의 사랑을 인정할 수 없었다. 남편은 한 동안 집으로 돌아오지 않았다.

"식사하러 가요. 아침 먹어야죠."

못 들은 척했다. 대답이 없자 은영은 나의 어깨를 가볍게 흔들었다. 그대로 있는 나에게 이불을 끌어 덮어주고 나간다. 딸깍, 문 닫는 소리에 눈을 떴다.

'그 은영일까?'

새 한 마리가 격자형 창틀에 앉아 기웃거렸다. 창으로 갔다. 붉고 여린 다리 끝에 세 갈래로 갈라진 발이 창틀을 불안하게 움켜쥐고 있었다. 약콩을 박아 놓은 것 같은 검고 맑은 눈. 손을 뻗어 새 다리를 만져주고 싶었다. 손에 닿은 유리가 차갑다. 리아야, 마른 입술 사이로 의지와 상관없는 말이 흘러나왔다. 방을 훔쳐보듯 고개를 갸웃거리더니 이내 날아갔다. 푸드득 날개 소리가 들리는 것 같다. 풀지 못한 가방을 헤집어 맨 아래에 넣어 놓았던 주머니를 꺼냈다. 끈을 풀어 주머니를 아래로 쓸어내렸다. '리아'는 회로의 재생을 기다리듯 가슴에 새겨진 하트에서 빨간 불이 점멸되고 있다. '리아'는 딸이 떠난 후 동네 주민 센터에서 지급되었다. 상자 위에 인쇄된 '독거노인을 위한 감정 로봇'이란 글을 읽고 나는 한동안 상자를 열지 못했다.

엄마가 죽으면 화장시켜서 뼛가루는 아무 데나 뿌려. 그러다 어느 봄날, 유난히 눈에 띄는 민들레 한 송이, 가을 어느 날 쑥부쟁이 한 송이라도 문득 네 눈길이 가거든, 그것이 엄마인줄 알고 한 번쯤 엄마 생각을 해 줘. 뼛가루가 먼지처럼 떠돌다 그 꽃을 피우는데 쓰였을지 어떻게 알겠니? 그 인연으로 네 눈에 들었는지도 몰라. 딸이 중학교 다닐 때였나…, 그랬을 때 그런 소리 말라며 훌쩍였는데.

리아야, 지금 나를 찾아온 새는 딸의 영혼이 깃든 걸까. 리아에게 말을 걸었지만 말이 없다. 새가 떠난 자리를 다시 쳐다봤다. 말간 유리 위에 투명할 만큼 여린 발톱이 아른거렸다. 가슴 한가운데가 아팠다.

몇 개 남지 않은 화분갈이를 하고 있었다. 지난 한파에 죽어버린 율마를 뽑아내고 채송화 씨앗을 심기 위해 손바닥에 그것을 털었다. 모래알보다 작은 열매가 피워 올릴 앙증맞은 꽃들을 생각하고 있었다. 등 뒤로 방문 여는 소리가 들렸다. 괜찮니? 머리가 아프다며 두통약을 먹고 잠들었던 딸이 생각나 뒤돌아봤다. 한 손에는 씨앗을, 한 손에는 흙이 묻은 손을 어쩌지 못하고 엉거주춤 서 있는 내 앞에서 아이는 주저앉듯 쓰러졌다. 나는 달려가 딸을 부둥켜안았다. 창백한 얼굴을 쓰다듬었다. 얼굴위로 씨앗이 떨어져 흩어졌지만 아이는 기척이 없었다. 삶의 한 도막을 댕강 끊어낸 듯 딸은 떠나갔다. 일어나라는 간절한 외침도, 부랴부랴 옮겼던 병원의 의료기술도 소용이 없었다. 백내장이 재발했다는 진단을 받은 직후였다.

'리아'가 든 상자를 연 것은 딸의 첫 기일이 지난 후였다. 널 '리아'라고 부를 거야. 내가 '리아'에게 처음 건넨 말이었다. '리아'

는 딸 '아리'의 이름을 바꾼 말이었다. 그때부터 '리아'는 나의 친구이자 딸이 되어 말동무가 되어 주었다. 나는 '리아'를 꺼내 놓을까 하다 다시 가방에 넣었다. 사용 금지 품목이었다.

아침 식사시간이 끝나갈 무렵이라 식당은 한가했다. 창이 넓어 실내가 너무 밝다고 생각했다. 은영은 창에 기대어 밖을 내다보고 있었다.

나는 식판을 들었지만 마땅히 먹을 것이 없어 기웃거렸다. 음식이 샅샅이 보이는 것을 피하고 싶었다. 벽 가장 가까운 곳에 자리를 잡았다. 은영이 언제 왔는지 토스트와 커피를 올려주었다.

"워미, 워미, 어제 누가 온다더만 이녈인갑소? 반가버요. 반가버."

어디서 봤는지 9호 보살이 말을 걸었다. 아까 했던 말을 다시 하는 그녀를 보며 뭐라고 응대해야 할지 망설였다. "아이고 이양반이 또 그러네. 고마 가입시더."하며 큰 9호가 손을 잡고 나갔다. 나는 토스트를 커피에 적셔 천천히 씹어 삼켰다.

계절 탓인지 아침마다 새들이 창가로 온다. 이곳으로 온 후, 줄곧 새소리에 잠을 깬다. 알 수 없는 기호 같다. 높낮이가 다른 지저귐은 요란해서 리아의 부드러운 모닝콜에 익숙한 나는 정신이 한 순간에 든다.

"때까치네......, 아침잠이 달 땐 짜증스러워요. 귀여운 녀석이긴

하지만. 잘 잤어요?"

짧게 자른 머리를 손빗으로 뒤로 넘기며 은영은 아침 인사를
했다. 침대에 누운 채 은영은 스트레칭을 했다. 천천히 느린 화
면처럼 팔을 들어 올려 좌, 우 번갈아 가며 돌렸다. 바로 일어나
면 걷기가 힘들다고 했다. 그러곤 화장실을 갔다. 은영이 화장실
에 다녀오면 물소리가 나지 않았다. 잠결에라도 은영이 화장실
에 가는 걸 알고 있었고, 내가 화장실을 이용할 때면 변기에 고
인 물이 맑은 상태라 이상했었다.

"아침 소변은 변기에 안 봐요. 여기 변긴 자동 체크 하거든요."

내가 이상하게 생각한다고 느꼈는지 은영이 먼저 말을 한다.

"무슨 지수가 어떻니, 당백뇨가 있니 없니, 아주 귀찮아서요.
이 나이에. 무슨."

은영의 말끝이 단호하다.

난 어쩌자고 백내장 수술을 다시 받았을까. 차라리 죽을 수 있
는 병이어야 했다. 아니 죽을 수 있든 없든 그냥 있어야 했다. 눈
이 짓물러 앞을 보지 못한다 해도 그냥 있는 게 맞는 거였다. 아
흔이 넘으며 육 개월에 한 번씩 하라던 그까짓 건강검진을 받지
말아야 했다. 그건 받으셔야 해요. 나랑 오래오래 살아요. 귀여운
목소리로 좋알대던 리아가 아니었다면 결코 건강검진 같은 건
받지 않았을 것이다. 프로그램화된 한 낱 로봇의 말을 진짜로 알
아듣다니. 어쨌든 받지 말아야 했다는 후회가 밀려들었다.

나는 나이가 많은 고아가 되었다. 이 땅위에 나를 기억하는 사람들은 어디쯤 머물러 있을까. 먼 행성에서 길을 잃고 툭 떨어진 외계인처럼, 이곳에 내가 있다.

실버 캡슐. 실버 캡슐은 캐슬 실버의 별명이었다. 백이십여 년 전 2차대전 시 히로시마 원폭이 있었을 때 그곳에 거주했던 한인 노인들을 위한 국가요양기관이었다. 증축과 개축을 더하여 지금은 갈 곳이 없는 노령의 노인들을 이곳으로 모아 관리하고 있었다. 캐슬 실버란 이름을 두고 실버 캡슐이라 불리는 이곳에, 캡슐 No.311호는 이제 나의 주소가 되었다. 내가 가진 것은 두 번째 백내장 수술과 몇 번의 자잘한 내과 수술을 받은 차트가 모두였다.

나는 밤새 부푼 아랫배를 붙들고 화장실로 갔다. 그리고 배수구 구멍에 주저앉아 소변을 했다. 노랗고 가느단 물줄기가 배수구로 빠져들어 가는 모습이 보였다. 알 수 없는 웃음이 비집고 나와 소녀처럼 쿡쿡거리며 웃었다.

아침마다 은영과 나는 화장실 배수구에 소변을 했다. 요양원 측에서는 염려스럽다는 통보를 했다. 원장은 비뇨기과 진료를 여러 차례 권했다. 우리는 극구 손사래를 치며 사양했다. 원장과 면담에서 돌아오는 길에 우리는 처음 손을 잡았고 약속이나 한 듯 마주 보며 낄낄거리며 웃었다.

은영의 손을 잡으면서 나는, 남편의 연인이었던 은영을 잊었다.

은영은 밥을 한 숟갈씩 덜기 시작했다. 은영이 먹는 밥은 이제 반공기가 채 되지 않는다. 그녀를 위하여 나는 식사 대용 비타민이나 스콘 조각들을 커피와 함께 방에 갖다 놓곤 했다. 하지만 은영은 손대지 않았다.

눈두덩이 점점 꺼져가고 광대뼈가 불거지는 그녀를 나는 늘 손잡고 다녔다. 그것은 자연스러웠고 편안했다. 손을 잡으며 편안함을 느꼈던 것은 기억에서조차 가물거렸다. 누구와 손을 잡았을 때 편안했단 말인가?

남편의 손은 그날 이후 따뜻하게 잡은 기억이 없다. 남편이 교통사고로 숨졌을 때도 나는 남편의 손을 잡지 않았다. 사고 소식을 듣고 병원을 달려갔을 때에는 이미 사망한 후였다. 남편임을 확인한 후 하얀 시트로 덮인 그를 가볍게 흔들었다. 차가운 그의 체온이 느껴지자 체념이 먼저 찾아왔고, 시트 위에 눈물이 떨어져 번지는 것을 무심코 내려다보았다.

딸이 어렸을 때는 아이를 보호하기 위해 손을 잡았던 것 같다. 손을 놓으면 비치볼처럼 통통거리며 달아나는 아이를 위하여 나는 손을 꼭 잡았다. 아이가 자라면서는 사랑하는 마음으로 잡았다. 아이의 체온이 내게 전달되면서 가슴 저릿한 사랑을 느꼈고, 더 자라서는 자식으로서의 든든함이었다. 그런데 은영의 손은 편안했다. 바삭 마른 낙엽 같은 그녀의 손은, 알 수 없는 편안함이 있었다.

오수는 달았다. 점심 식사 후 은영과 가볍게 산책을 했고 방으로 돌아와 침대에 누워 이런저런 얘기를 한 것 같다. 누가 먼저 잠들었는지 모르게 잠들었다. 잠속으로 소르르 미끄러져 들어가는 순간 현진씨 자나요, 라는 은영의 마지막 말이 있었던 것도 같다.

꿈을 꿨다. 나는 다시 이곳으로 오고 있었다. 돌돌거리는 가방을 끌며 걷고 있었고 꿈속에서는 선글라스를 착용하고 있다. 이곳으로 오던 날 시렸던 눈 때문에 선글라스를 껴야 되겠다고 생각했던 것 같다. 눈은 시리지 않았지만 배경은 흑백이었다. 여전히 휘파람 소리가 들리고 나는 멈춘다. 가방을 두고 나는 숲속을 향해 간다. 휘파람 소리의 근원을 찾아서 소나무 사이로 성큼성큼 걸어간다. 말라버린 잡초와 이리저리 헝클어진 넝쿨들을 맨손으로 헤치며 나아가지만 소리는 계속 머리 위에서 맴돈다. 머리 위에서 잡힐 것처럼 들리는 휘파람 소리 때문에 외롭다거나 두렵다는 생각을 하지 않는다. 길이 없는 길을 나는 무작정 가고 있고 머리위에는 휘파람 소리가 끊이질 않았다.

창가에 언제 왔는지 새가 와 있다. 꿈속에서 들렸던 새 소리도, 잠을 깬 것도, 창틀을 틀어쥐고 휘파람을 불어대는 새 때문이었나 보다.

은영의 침대가 비어 있다. 이불은 재껴져 있고, 은영이 누웠던 자리가 고스란히 은영의 흔적을 보여주고 있다. 나는 은영이 누웠던 자리로 가 주름진 담요를 손바닥으로 쓸어 보았다. 작고 야윈 몸의 흔적들이 손길 따라 펴졌다.

은영과 점심 식사 후의 산책은 습관적이기도 했지만 전략적이기도 했다. 긴장감이 풀리면서 나는 잠을 이루지 못하고 뒤척이는 날이 늘었다. 햇볕이 잠드는 것에 도움을 준다며 산책을 권한 것은 은영이었다. 충분한 일광욕이 멜라토닌을 만들고, 그것이 밤이 되면 깊이 잠들게 한다는 것이다.

한낮의 산책을 시작한 지 일주일이 넘었다. 은영의 말대로 산책을 한 후 삼사일 지나면서 잠은 쉬 드는 것 같았다. 그것이 은영에 대한 믿음 때문인지, 정말 그러했는지는 알 수 없었다.

내가 앉아 쉴 때쯤이면 은영이 먼저 앉았고, 은영이 앉을 때면 나도 좀 쉬었으면 할 때였다. 산책에서 돌아오면 우리는 고욤나무 아래로 갔다. 나무 아래 벤치를 두고도 겉으로 드러난 뿌리에 앉았다. 굵은 뿌리에 앉으면 나도 그 자리에서 뿌리가 되어도 좋겠다는 생각이 들었다. 고개를 들면 초록들이 거기 만들어지고 있었다. 짙어지는 녹음이 이곳에도 시간이 흐르고 있음을 알려주었다.

마주보는 노인이 중얼중얼 거리며 오고 있다. 듣지 않아도 그녀가 뭐라고 하는지 알고 있다. 그러구러, 그러구러……. 그녀는 주문처럼 '그러구러'를 외고 다녀서 사람들은 '그러구러할멈'이라 불렀다.

나는 그녀가 '그러구러'를 읊조리는 것이 '이 또한 지나가리라'로 들려 고개를 주억거렸다. 우리에게 주어진 날들은 속은 것처럼 '그러구러' 흘러 버렸고, 이 시간 또한 지나갈 것이었다. 그리고 한 귀퉁이만 돌면 그 끝이 보일 터였다. 그녀의 주문이 내게도 전염 된 듯 한숨처럼 '그러구러'가 가끔 새 나왔다.

내 곁을 스치던 그녀가 중얼거림을 멈추고 말을 건넨다.

"오늘은 어쩐 일로 둘이 따로 있다요? 아이고 만날 둘이 붙어 다녀쌓더만. 11호 은영이 영상실로 갑디다. 그짝으로 가보셔. 그 짝이 오기 전엔 영상실에서 안 살았소."

영상실은 적당히 채광이 가려 어두웠다. 돋보기를 쓰고 있는 은영의 눈이 모니터에서 나오는 빛 때문인지 물기로 젖어 얼렁거렸다. 은영은 내가 가까이 가도 몰랐다. 투명 칸막이를 가볍게 두드렸다. 은영의 당황스러워하는 표정을 보며 천천히 하라고 입 모양으로 말했지만 은영은 황급히 컴퓨터를 껐다. 미안했다. 몰래 장난치다 들킨 아이 같아 웃음이 나왔다.

"누구야? 무슨 영상이야?"

묻지 않으려고 했는데, 나는 참지 못하고 묻고 말았다. 그러나 남편에 관한 내용은 전혀 없었다. 제 3자의 관심인양 위장했다.

은영은 대답 대신 살며시 웃어 보였다. 내가 재차 물었지만 은영은 끝내 대답하지 않고 대신 나의 손을 지긋이 잡았다. 나는 나도 모르게 손을 뺐다. 서걱, 소리가 나는 것 같았다.

　남편이 집을 나간 후 이상한 오기가 솟아올라 힘주어 걸레질을 했고 구석구석 닦아내고 털어냈다. 거실을 무한 맴돌다 잊었던 약속이 갑자기 생각이 난 듯 거리로 뛰쳐나가 아주 바쁜 사람처럼 거리를 쏘다녔다. 아무도 나의 빈 시간과 공허한 마음을 눈치챌 수 없도록 그렇게 나는, 나를 무장했던 것 같다.
　남편이 돌아온 후, 남편을 놓지 못했던 것을 후회했다. 그가 죽을 때까지 우리는 화해하지 못했다. 남편이 좋아하는 스포츠 중계를 볼 때엔 화면 너머 있는 그녀를 보는 것 같았고, 무심코 창밖을 볼 때도 남편의 머릿속에 그녀가 가득한 것 같아 경멸의 시선을 보냈다. 그때마다 문을 소리 내어 닫거나, 주방의 그릇들을 달그락거려 남편의 시선을 흩어 놓았다.
　시원하게 용서하거나, 흔히 말하는 지나가는 바람으로 접어두지 못했다. 그런 나 자신이 죽도록 싫었다. 부부 모임이 있을 때에도 겉모습과는 달리 마음 한편엔 얼음 알 같은 것이 굴러다녔다. 사람 좋은 얼굴로 있는 남편이 가증스러웠고, 그러다 눈이 마주치기라도 하면 나는 냉정하게 눈길을 돌렸다.
　남편의 죽음은 모든 것을 끝내게 했다. 그리고 잊었다. 남편도,

은영도.

"밥을 좀 먹지 그래요."

아스팔트 위의 노란 중앙선이 더 샛노랗게 보였다. 눈이 시려면 곳을 응시하며 무심코 한 말이었다. 진심으로 걱정하거나 살뜰한 마음이 담긴 것은 아니었다.

늦봄의 숲은 나무마다 물오르는 소리가 들리는 것 같다. 반짝이는 연둣빛 이파리들이 초여름을 준비한다. 하지만 은영은 수분과 근육이 눈에 띄게 빠져나갔다. 그녀가 움직이면 마치 뼈들이 일어서서 움직이는 것 같고, 살갗은 말라가는 낙엽처럼 바스락 소리가 날 것 같다. 빼곡하게 자란 질경이를 돗자리 삼아 은영이 앉는다. 두 팔로 무릎을 감싸자 동그랗게 몸을 말고 있는 쥐며느리를 닮아 있다. 진초록 질경이가 은영의 마른 엉덩이를 기세 좋게 밀어내고 있다. 그 싱싱함 위에 가볍게 얹혀 있는 은영의 모습을 보며 단순히 뱉은 말인지도 몰랐다.

"오래 먹어 왔잖아요. 이젠 그만 먹고 싶어요."

"……."

"제발."

침묵 속에 이어진 은영의 마지막 말은 결연했다. 나는 은영의 말에 동의했지만 더 이상 말을 잇지 못했다. 고요함 사이로 꽃망울을 터뜨리기 시작한 우윳빛 찔레꽃이 눈부셨다.

어젯밤, 9호 보살이 죽었다.

한밤중에 큰 9호가 복도로 나와 외쳤다. 그녀는 맨발이었고, 높아진 목소리에서 쇳소리가 났다. 9호가, 9호가 이상해예. 도와주이소. 목소리가 넘어갈 듯 복도를 쩌렁쩌렁하게 울렸다. 상주해 있는 간호사가 잠옷 바람으로 쫓아갔지만 9호 보살은 이미 절명한 후였다. 아이고 어쩐지 저녁에 식탐을 내길래 이상타 여겼더마는, 어쩌면 좋노. 그래가, 자다가 기척도 없는 기 이상타 싶어서 코에다 귀를 갖다 대띠만, 아이고, 숨소리가 안들리는 기라. 아이고, 어쩌면 좋노, 어이.

9호 보살은 바퀴 달린 침대에 실려 되어 복도를 빠져나갔다. 큰 9호는 그녀를 덮은 하얀 시트 자락을 잡고 따라가고 있었고, 입가에 허연 거품이 눈물과 섞여 흘렀다.

자가다 깬 사람들이 복도에 나와 그것을 바라보았다. 목을 빼고 서 있는 그들의 영혼이 침대를 따라가는 것 같았다.

나는 9호 보살이 신이 허락한 목숨만큼 살고 갔다고 생각했다. 죽기 전까지 먹고, 걷고, 말한 것은 축복이었다. 우리는 밤새 잠을 이루지 못했다. 은영은 이것이 처음 있는 일은 아니라면서도 이런 일이 생기면 며칠 마음이 심란하다고 했다.

은영은 먹을 것을 조금씩 줄여가고 있다. 언젠가는 은영도 잠에서 깨지 않는 아침이 올 것이다. 그런 날도 햇살은 눈부실 것이고, 고욤나무 이파리들은 무성할 것이다. 내가 깨어나지 않는 아침도 그러하겠지. 아이고, 각중에 이기 무슨 일이고. 아이고, 참말로 식겁하겠네. 어이. 큰 9호는 아침 식탁에 앉아서도 푸념처럼 같은 말을 늘어놓았다.

"우리는 사라질 것처럼 작아졌어요. 어느 날 바람이 찾아와 모든 것들을 데리고 갈 걸요."

은영의 뜬금없는 말을 듣기나 한 듯 흰나비 한 마리가 호르르 날아올랐다.

가끔 남편과 다정한 시간을 보내고 있는 영상 속의 은영이 상상되었고, 그때마다 내 나이를 상기시켰다. '내 나이가 몇인데, 나이가……. 주책이지.' 지나간 일쯤은 연소되어 흔적도 남지 않았을 거란 생각을 뒤집고 마음은 가끔씩 흔들렸다. 그럴 때면 '주책'은 우물처럼 문득문득 고였다.

그날 이후 나는 말수가 줄었다. 은영은 오히려 내 눈에 띄는 곳에만 얼쩡거리는 것 같았다. 영상실에 가지 않는다는 걸 의도적으로 보여준다고 나는 생각했다. 그리고 이제는 그것조차 자연스러웠다. 우리는 여전히 배수구로 소변을 보냈지만 손을 잡지는 못했다. 함께 있을 땐 둘 사이에 흐르는 공기조차 어색해 슬그머니 혼자 산책을 나서곤 했다.

그런 나를 은영이 뒤따라 나왔다. 나는 느린 걸음을 더 천천히 했고, 은영은 잦은걸음으로 다가왔다. 하지만 우리가 걷는 모습을 누군가 봤더라면 누가 빨리 걷고, 느리게 걷는 건지 알 수는 없었을 것이다. 우린 그만큼 오래 살았고 우리의 발걸음은 민첩성을 잃은 지 오래였다. 은영과 나의 어깨가 나란히 되었을 때 호흡을 고르느라 색색거리는 은영의 숨소리가 들렸다.

내가 마른기침을 하는 척 걸음을 멈추자 은영이 깊은숨을 토해내며 털썩 앉은 곳이 질경이군락 위였다.

그냥 두면 은영은 앉은 채 등신불이라도 될 것 같았다. 순간 은영이 남편의 연인이었다 해도 달라질 건 없다는 생각이 들었다. 저렇게 맑은 얼굴로, 뭔가가 빠져나가 홀쭉해지는 자루처럼 앉아 있는 은영은 여전히 나의 룸메이트였다. 그것이 오해든 아니든 우리가 보낸 시간들은 봄의 햇살 속에 녹아 들것이다. 나는 은영의 손을 잡아당겨 일으켰다. 은영의 물결 같은 웃음을 오랜만에 보는 것 같았다.

고염나무 그늘에 큰 9호가 앉아 있었다. 9호 보살과 있을 때 커 보였던 그녀의 키가 줄어 든 건 생각 탓일까. 나는 방으로 가 은영을 뉘였다. 창을 열고 바람을 들였다. 실내보다 따뜻한 기운이었다.

노인들이 의자에 앉아 해바라기를 하고 있다. 그들의 엉성한 머리칼 속에 위태로운 봄 햇살이 고여 있었다.

푸른 옷소매

푸른 옷소매

창을 민다. 지난밤의 비바람은 가혹했다. 창틀에 고인 물이 밀려난다. 나뭇잎 몇 장이 함께 밀려났다. 바람을 견디지 못한 푸른 낙엽들. 여해는 나뭇잎을 걷어 내 아래로 날렸다. 난간에 기대어 나뭇잎이 아파트 화단에 떨어질 때까지 내려다봤다. 빙그르르 돌다 뒤집기를 반복하며 하강하는 나뭇잎은 떨어지면서도 바람의 무게를 견지지 못한다. 바깥으로 몸을 기울여 팔을 내밀었다. 난폭했던 지난밤의 바람은 꿈이었던 양 가볍고 청량하다.

태풍은 밤새 막바지 더위를 몰아내고 여름과 가을의 경계에 계절을 올려놓았다. 경계, 여해는 자신을 생각했다. 눈을 감았다. 두렵지 않다. 금속성 난간이 허리를 붙들어 공간으로부터 단단히 분리시키는 지금은 그렇다. 선택의 앞에서도 그러할까. 그것이 어떤 선택이라도 말이다.

아스팔트 위 노란 중앙선 위에 누워있는 강아지를 본 적이 있다. 흰색 털이 바람 따라 달려가듯 일어서며 흔들렸지만 강아지는 잠이라도 든 양 선위에서 움직임이 없었다. 깨지 못할 깊은 잠에 빠진 강아지. 경계를 넘지 못한 영혼이 차안도 피안도 아닌 선 위에서 흔들렸다. 숱한 선택의 경계를 넘어서는 일 또한 벗어날 수 없는 차안의 삶이라 여해는 생각했다. 그 경계에서 잡은 신의 손은 운명이겠지. 자신이 잡은 신의 손이 몸을 기대고 있는 난간처럼 단단하리라 주문 같은 기도를 했다. 소복이 부어오른 눈을 감았지만 눈꺼풀 안까지 햇살은 비쳐 눈이 부셨다. 고여 있던 눈물이 기어이 흘렀다. 눈물을 훔치며 가을 햇살이 마른빨래 같다고 생각했다.

아파트 울타리 너머에 있는 농장의 감나무들이 지난밤의 고단함을 떨어내고 일어선다. 반짝이는 이파리들. 남아있는 열매를 위해 몸을 뒤척이는 나무들. 풀 마르는 냄새. 젖은 날개를 말리는 새들의 지저귐. 살아있는 것이 주는 힘은 신선하다.

여해는 느린 화면처럼 서랍 깊숙이 숨겨 두었던 항공 봉투를 꺼냈다. 겉봉투의 발신자 이름을 본다. 지·승·욱 이름 위를 쓰다듬었다. 지승욱, 지승욱, 몇 번 입술을 달싹이다 제자리에 넣고 서랍을 닫았다.

해거름쯤 맥주를 사 놓으라는 남편의 전화를 받고 여혜는 테가 큰 선글라스를 골라 썼다. 종일 웅크렸던 몸을 펴고 화장대 앞에 서서 선글라스를 낀 자신의 모습을 봤다. 부쩍 야위어 더 길어 보이는 목을 뒤로 힘껏 젖혔다. 마른침을 삼킨다. 하, 한숨 같은 숨을 몰아쉬며 다시 거울을 본다. 얼굴을 좌우로 돌려 자신의 모습을 살폈다. 그런대로 볼만하다고 생각하며 선글라스를 매만졌다. 광대뼈 위에 걸쳐진 선글라스가 잠자리 눈 같다고 생각했다. 상하좌우를 한꺼번에 볼 수 있는 겹눈을 가진 곤충. 머리의 전부를 차지할 만큼의 영롱하고 큰 눈이 필요한 건 날개 때문일 거야. 날개는 가벼운 몸을 높이 날 수 있게 하는 비장의 무기라는 생각을 한다. 투명하고 미끈하게 빠진 무기를 보호하기 위해선 큰 눈이 필요하겠지. 여자는 몸을 펴고, 손을 뻗어 본다. 뼈들이 와르르 무너진다. 손가락 끝이 간지럽다. 투두둑 허물이 벗겨진다. 접혀있던 젖은 날개가 펴진다. 실핏줄들이 날개의 섬세한 무늬로 변한다. 아릿하다. 날개가 마르기를 기다리는 아픔이라 생각한다.

"쉿! 잠깐, 가만있어봐."

그가 블라우스에 붙어 있던 고추잠자리를 잡아 보여주었다.

"이건 잠자리가 아냐. 네 소매에 새겨져 있던 무늬였어."

그가 웃는다.

"풉! 닭살, 간지럽다, 그만해."

소름이라도 돋은 듯 여해는 연신 팔뚝을 문질렀다. 녹고 있는 아이스크림을 먹듯 번번이 감정을 잘라 먹는 여해를 보며 승욱은 머쓱해 했다. 손가락으로 머리를 빗어 올리거나 말머리를 돌리는 건 승욱의 습관이었지만 여해에겐 성격처럼 보였다. 그런 순간들이 싫지 않았다. 그래서 여해는 더 그랬을지 모른다고 생각한다.

눈을 봐? 겹눈의 색깔이 날개의 색과 닮았어. 하지만 만만하진 않지. 그가 하늘을 보며 말한다. 여린 날개로 가장 높이 날을 수 있는 곤충이야. 그의 웃음이 흩어진다. 언덕과 하늘과 구름이 잠깐 여자의 눈에 머물다 함께 흩어진다.

거울 속의 눈동자를 여해는 뚫어지듯 본다. 거울 속으로 걸어가고 싶다. 그의 웃음과, 언덕과, 하늘과, 구름을 다시 자신의 눈 안에 담고 싶다.

소읍에 할인 매장이 생기면서 여해는 주로 그곳을 이용했다. 아파트 앞 작은 슈퍼에 선글라스를 착용하고 갈 수는 없었다. 해가 다 졌는데 선글라스라니. 더구나 이런 시골에서. 주위의 눈치가 보였지만 남편의 말을 거절할 수는 없었다.

걸어 내려가려다 엘리베이터를 탔다. 남편의 퇴근 시간을 생각하면 열세 층을 걸어 내려가기엔 마음이 바빴다. 여자들이 힐끔거렸다. 콩, 콩, 콩 함께 탄 아이들이 발을 굴렸다. 습! 조용해야지. 여자들이 여해를 의식해서인지 주의를 주었다. 여해가 다정을 듬뿍 담은 눈길로 아이들을 바라보았다. 귀여운 아이들. 미소를 지었다고 생각했다. 하지만 엘리베이터에 붙은 거울 속의 여해는 큰 선글라스로 눈을 가린 채 알 수 없는 표정으로 꼿꼿하게 서 있는 1305호 여자였을 뿐이었다.

카터를 밀며 아이 생각을 했다. 그 아인 귀엽고 반질반질한 눈망울을 가졌을까. 장난기 가득한 눈망울에 때론 웃음을, 때론 눈물을 담으면서 떼를 쓰는 아이. 마음먹고 혼내려다 어이없어 웃고 말아버리는 자신을 생각했다. 아이를 생각할 때마다 고집스럽고 부산스러운 개구쟁이가 생각났다. 큰 소리가 아침저녁으로 집안을 채우고, 아이는 엄마의 잔소리를 피해 통통통 거리며 집안을 돌아다닌다. 아랫집에서 몇 번씩 조용히 좀 해달라는 부탁을 듣는 생각을 할 때쯤 카터가 좀 더 빠르게 굴러갔다. 남편의 퇴근 시간을 생각해야 했다. 캔 맥주 두 묶음을 카터에 담고, 대형 냉장고에서 소주 두 병을 꺼냈다. 한두 잔 마셔보던 술이 늘어 그녀도 소주잔을 기울이는 일이 잦아지고 있었다.

마른안주가 진열된 매대로 돌아설 때 아이를 업은 여자가 카터를 급하게 끌며 왔다. 그녀와 부딪힘을 피하려고 잠시 옆으로 비켜섰다. 사이로 이마를 쓸어 올리며 매장을 들어서는 남자가 눈에 들어왔다. 하마터면 여해는 아, 하고 소리를 낼 뻔했다. 돌아서서 캔 땅콩과 말린 오징어, 견과류를 손에 잡히는 대로 카터

에 담았다. 남자가 스치듯 지나갔다. 그가 몰고 온 바람 냄새가
흩어졌다. 그의 시선이 등에 머무는 것 같다. 스멀거리는 등 뒤
의 느낌을 여해는 애써 외면했다. 왼쪽 어깨에 맨 무거워 보이는
카메라 가방. 머리를 쓸어 올리고 안경테를 만지는 모습이 그녀
의 머릿속에서 인화되었다. 하긴, 그 시간에 어울리지 않은 차림
이라 힐끔거리는 사람들이 많았다. 시간에 어울리지 않는 차림
새 때문이라고 생각했다.

　아이를 갖고 싶었다. 베란다 유리문에 어지럽게 찍어 놓은 단
풍잎 같은 손도장을 상상했다. 그것만으로도 행복은 내편일
것 같았다. 까무룩 졸음 속으로 빠질 때엔 코끝에서 달콤한 아기
젖내가 맴돌곤 했다. 여린 봄바람 같은 숨결이 귀를 간질이고,
아이의 활짝 웃는 모습을 생각할 때마다 차라리 미치고 싶었다.

　단 한 번의 발길질로 어이없게 가다니. 어쩌면 아이는 여해의
자궁을 거부했을지도 모른다. 아직 생명을 다 얻지 못한 영혼이,
그래서 신의 경지에 있던 여리고 순결한 영혼이 자신의 미래를
맡길 수 없다고 판단해서 스스로 떠났을지도 모른다. 신과 생명
의 경계에서 신의 영역으로 돌아갔을 내 아이.

　남편은 바깥일을 말하지 않았다. 하루의 일과들은 모두 흘려
버리고 집으로 돌아올 때는 그것에 대한 감정들만 끌고 오는 것
같았다. 여해는 퇴근하는 남편의 얼굴에서, 표정에서, 행동에서,
남편의 하루를 짐작하곤 했다. 그날따라 맥주를 함께하자고 조

르던 그 시간에 여해는 졸음이 쏟아졌다. 임신 초기에는 참기 힘든 졸음이 쏟아진다는 것을 이해시켜야 했다. 임신을 무엇보다 기뻐했던 남편을 믿었던 그 순간이 힘들게 얻은 풍선을 놓쳐 버린 것처럼 아쉬웠다.

거실에 누워 있는 여해의 배로 발길이 날아든 건 막 단잠으로 빠져들 때였다. 잠이 들면서도 아기가 든 배를 한 손으로 어루만지고 있었지만 갑자기 날아든 발길질을 막아낼 수는 없었다.

포르르 날아오르는 어린 참새 떼만 봐도 에이듯 저려오는 가슴을 주먹으로 쳐서 내리곤 했다. 하지만 수시로 기분이 나빠지는 남편을 누구에게도 말하지 못했다. 가끔 시어머니가 김치니 아들이 좋아하는 반찬이라며 들고 방문했을 때도 몹시 망설이면서도 차마 입 밖에 꺼내지 못했다. 반찬만 전해 주며 돌아서는 시어머니는 여해를 지긋한 눈빛으로 바라만 봤다. 그리고 애쓴다는 말을 잊지 않았다.

그 일이 있은 후, 남편이 샤워할 때면 물소리에 섞여 나오는 신음을 들었다. 그리고 욕실 벽에 찐득하게 붙어 있는 수음의 흔적을 수시로 지워야 했다.

"저기요."
신문 배달부를 불렀다.
"여기, 신문사절 이란 글 안 보이세요? 신문 안 봅니다."

한동안 구독했던 중앙지를 남편은 기어코 끊게 했다. 끊고 나니 지방신문 K일보가 배달되었다. 남편은 배달된 신문을 모았다가 돌려주라고 했다.

무표정한 모습으로 조용히 말하는 여해의 목소리에 신문을 나르느라 상기된 청년의 얼굴이 더 빨개졌다. 이마를 덮은 머리카락 아래로 땀방울이 떨어졌다.

"서비스 기간은 아입니더. 저는 보급소에서 배달하라는 말만 해가꼬예."

여해는 신문 보급소에 전화를 했다. 소읍에 있는 보급소는 한 군데였다. 상호명은 지방신문 K신문 보급소였으나 그곳에서 각 신문사의 신문들을 모두 취급하고 있었다.

"아입니더. 여서(여기서) 신문 몇이나 본다꼬 억지로 넣겠습니꺼. 거긴 신청한 사람이 있었어예. 눈지(누군지)는 몰라도 전화로 신청하고 대금도 다 받았심더."

소장이라는 사람의 말을 듣고 여해는 문 앞에 쌓아 놓았던 신문을 모두 들고 들어왔다. 쪼그려 앉은 채 제일 아래에 깔린 신문을 꺼냈다. 머리기사로 소읍의 소식이 실려 있었다. 아파트 울타리 너머 보이는 넓은 감나무 농장을 배경으로 한 이른 가을 소식이었다.

이곳 감은 전국에서 유명했다. 당도가 높고, 연한 과육과 과즙이 풍부해 가을이면 한 번씩 풍성한 가을의 상징처럼 이곳 소식이 신문에 나기도 했다. 하지만 대부분은 늦은 가을 축제 소식과 함께였는데 올해는 좀 빠르다 싶었다.

여해가 사는 아파트 울타리 너머부터 산등성이까지 이어지는 넓은 과수원이 배경이었다. 클로즈업된 감들은 막 지기 시작한 노을빛으로 코팅된 듯 반질거렸다. 감나무가 겹쳐지고 겹쳐지면서 울창한 숲을 이루는 사진을 훑어가다 한곳에 시선이 머물었다. 개량종 감나무와는 달리 키 큰 해묵은 감나무 한 그루. 마른 손이 사진 속 감나무를 쓰다듬었다. 전지를 하지 않아 거친 목피의 촉감이 손끝에서 느껴지는 것 같았다.

마당에 우람하게 서 있던 감나무. 나무 앞쪽으로 사랑채와 마구간이 있었고 나무의 뒤쪽으로 안채가 있어 감나무 집으로 불리었던 옛집.

손톱 같은 여린 새잎이 터질 때면 이유도 없이 설레곤 했다. 연둣빛 새순과 함께 입학식과 진급을 했고, 단풍이 들 때쯤에는 운동회와 소풍과 축제들이 있었다. 마당에 무수히 떨어졌던 싸락눈을 닮은 감꽃들. 튼실한 감잎들이 만들어 주었던 짙은 녹음과 그 아래 있었던 평상 위의 단잠. 거기에 누워 바라보았던 시리도록 푸른 가을 하늘과 빈 가지에 총총히 박혀있던 다홍색 감이 만들어내는 선명했던 보색의 조화. 기억은 수족관을 부유하는 비늘처럼 일어서고 있었다.

집을 팔아야 한다고 했다. 첫 추위에 감나무에 달린 까치밥 몇 개가 위태롭게 보였던 때였다. 말수 적었던 아버지는 이부자리에서 아무것도 아닌 것처럼 얘기했다고 한다. 자리를 보존하고 누운 건 어머니가 먼저였다. 어머니가 자리에 눕자 장독대를 중심으로 철철이 피었던 화초들이 건사 받지 못했고 마당엔 쓸쓸한 바람만 머무는 것 같았다. 마당 장독대를 중심으로 철철이 피었던 화초들이 건사 받지 못해 황량한 빈들이 되었다. 부지런한 어머니의 손길로 반질거렸던 감나무 집은 속이 텅 빈 박제가 된 듯 을씨년스러웠다.

여해는 집이 화초 같다고 생각했다. 흙과 나무와 돌로 된 집. 생명이 없는 것들이 모이고, 이어지고, 교차되면서 만들어진 공간. 그곳에 사람이 살고 보살피면서 집도 호흡을 하는가 보았다. 하지만 손길을 거두자 집은 건사 받지 못한 화초처럼 피폐해져 갔다.

집을 판 건 오빠 때문이었다. 서울에서 대학을 나온 오빠는 몇몇 직장을 전전하다 처가 식구들과 함께 사업을 시작했다. 의욕 하나로 시작했지만 사업은 지지부진 했다. 사업이 순조롭게 진행되지 않자 의기투합했던 처남들과의 사이도 삐걱거리는가 보았다. 다행히 올케가 적극적으로 오빠 편이 되어 주어 독립했지만 혼자 하는 사업은 녹록지 않았다. 소읍에서 '재원'이란 소릴 듣던 오빠를 아버지는 끝까지 믿었다. 집을 팔 때는 이미 논을

팔았고 울타리 너머에 있던 밭뙈기까지 고스란히 오빠의 사업
밑천으로 들어간 후였다.

　승욱은 앞머리를 쓸어 올리면서 익숙한 실루엣에 잠시 눈길이
머물렀다. 때에 맞지 않은 큰 선글라스를 꼈지만 분명 여해였다.
살짝 어깨가 떨리는 듯 돌아서는 그녀를 보며 알은 척을 못 했
다. 등 뒤를 스쳐 지나갈 때 코끝을 스치는 익숙한 냄새. 여해의
냄새를 기억했다. 향수라고는 할 수 없는, 그것보다는 좀 더 친
숙한. 그녀의 자잘한 일상들이 만들어낸 입자들의 조합 같은. 달
콤함이 어우러지는 그녀의 독특한 냄새. 분명 여해였다. 스미듯
느껴지는 한 자락의 체취가 그때의 기억으로 승욱을 몰아갔다.
　승욱은 여해의 단순한 고집이라고 생각했다. 결혼을 한 달여
를 앞둔 어느 날 여해는 파혼을 통보해 왔다. 이유를 물었지만
대답하지 않았다. 거의 매일 그녀의 집을 찾았다. 문, 문 좀 열라
고. 집요한 승욱의 목소리에도 빗장 위에 돌이라도 눌러 놓은 듯
그녀의 마음은 열리지 않았다.
　승욱의 아버지가 새로 산 땅을 밀고 감나무를 심겠다고 의논
해 왔을 때 그 땅이 여해의 집과 집에 딸린 밭을 말하는 것임을
알게 되었다. 아버지는 여해의 부모를 사돈으로 맞이하기를 마
뜩찮아 했다. 거기다 부동산에 급히 내놓았다는 매물을 아버지
가 선뜻 사들인 것이다. 아버지를 원망하기에도 늦었고, 여해를

설득하기에도 놓쳐버린 시간이었다.

배신감이나, 오기나, 치기 같은 것이 아니었다. 마음이었다. 함께 했던 시간들이 주는 그리움보다 문을 닫아걸어 빈집 같은 그녀의 마음이 승욱을 오랫동안 놓지 않았다. 빈 마음에 몇천억의 바람이 찾아와 머물다 갈까를 생각하며 많은 밤을 뒤척이곤 했다.

시간이 지나면, 시간이 지나면 담장 높은 거인의 뜰에 문이 열리듯 그녀의 문도 수줍은 듯 열리겠지. 가끔 자잘한 고집이 그를 힘들게 했을 때에도 조용히 기다리면 어느덧 다가와 아무 일도 없었다는 듯 그를 툭툭 치곤했다. 으이구, 고집쟁이 하는 소리에 수줍게 웃던 그녀.

하지만 기다림이 끝나기 전에 먼저 찾아온 건 여해의 결혼 소식이었다. 여해와 결혼하기 위해 소읍의 중학교 국어 교사가 되었던 승욱은 기자가 되어 소읍을 떠났다. 그리고 가을 특집을 위한 취재 차 고향을 찾았다.

승욱은 스치는 듯 지나치다 다시 돌아 그녀를 보았다. 계산대를 통과하는 모습을 보며 가슴이 무너져 내렸다. 선글라스 옆으로 살짝 보였던 눈가의 보랏빛 반점. 승욱은 급히 여자를 뒤따라 나갔다. 아파트 마당에 차를 세우고 창에서 불빛이 꺼질 때까지 망연히 올려다보았다.

여해는 마지막으로 남자의 이름을 확인했다. 사진 오른쪽 끝에 그의 이름이 인쇄되어 있었다. 지승욱. 무너지듯 털썩 주저앉은 손에서 와사삭 신문이 미끄러져 내렸다. 눈물이 흐르는 건 어쩔 수 없었다. 그냥 두었다.

누군가 기타를 치는지 '푸른 옷소매'가 연주되고 있다. 중간중간 끊어지기도 하고, 반복되면서 때로는 금속 줄이 튕겨 나가는 듯한 쇳소리에 여해는 눈을 떴다. 밤새 식탁 아래에서 웅크리고 있다가 남편이 출근하자 기절하듯 빠져든 잠이었다.

여름마다 오는 태풍이 올해는 가을이 다 가도록 소식이 없었다. 바다가 적조 현상으로 색이 변하고 있고 비브리오 패혈증이 유행하면서 어패류를 조심하라는 소식이 올가을의 주된 뉴스였다.

녹색으로 변하기 시작한 마을 저수지는 수위가 낮아지면서 더욱 짙어져 녹색 안개로 채워진 웅덩이처럼 음울했다. 하지만 감나무들은 열매가 버거운 듯 가지를 늘어뜨려 어느 해보다 풍성한 가을을 알리고 있었다. 추석이 지나서야 태풍은 '푸른 옷소매'라는 이름으로 찾아왔다.

'푸른 옷소매'라는 낭만적인 영국 민요가 떠올랐지만, 태풍의 이름은 동남아의 어떤 나라에서 지어졌다고 했다. 그 나라의 어느 골짜기 이름이라 한다. 여느 해보다 빨리 찾아온 맹렬한 더위는 가을 턱밑까지 이어지고 있었고, 곧 계절이 바뀌리란 기대 때문일까. 사람들은 기타나 오카리나 연주의 유행을 먼저 만들었다. '속성 기타연주 푸른 옷소매'나 '푸른 옷소매 오카리나 연주법'이 인터넷에 심심찮게 올라왔다. 태풍과 함께 사라질 유행이었다.

텔레비전에선 태풍의 위력을 알리며 방조제나 저지대에 사는 사람들의 안전관리를 당부하고, 농촌과 과수원의 피해를 줄이기 위한 기상 방송으로 긴장감을 고조시켰다. 하지만 사람들은 바람이 오면 문을 열어 손님맞이라도 할 듯 느긋했고, 푸른 옷소매를 연주하는 아이들의 리코드 소리가 간간히 들리곤 했다.

남편이 기타를 들고 왔을 때 여해는 저녁 식사 준비로 분주했다.

주방에서 저녁을 하다 젖은 손으로 문을 열었을 때 남편은 여자에게 짜증 섞인 타박을 퍼부었다.

"뭐 했냐? 빨리 안 열고."

남편은 급하게 신발을 벗었다. 뭔가를 막 배우기 시작해 안달난 소년처럼. 종일 구두 속에 있었을 양말도 벗지 않고 기타를 꺼냈다.

"기타 샀어요?"

웬 기타예요? 라는 질문을 한 번 삼키고 난 후의 말이었다.

"옛날 생각이 나가꼬, 예전엔 제법…, 엄마 집에 처박혀 있는 거…."

말꼬리를 잘라먹은 남편은 저녁밥도 먹지 않고 기타 줄을 고르기 시작했다. 남편은 소읍의 농업협동조합에 근무했다. 업무 창구에서 사람 좋은 얼굴로 고객을 응대하던 사람이었다. 일 처리에 능하지 못한 노인들에게도 선뜻 다가가 친절을 베풀던 사람. 그래서 눈에 띄었다. 가끔 가던 협동조합에서 남편이 곁으로 다가왔을 때 여해는 쉽게 옆을 내어 주었고, 이런저런 얘기를 편하게 할 수 있었다. 그래서 결혼 후 남편이 보여준 모습들은 더욱 낯설고 당황스러웠다. 까다로운 고객이 있던 날은 남편은 더욱 힘들어 했다. 아니, 여해의 막연한 짐작 같은 것일 수도 있었다.

남편은 기타를 퉁기며 줄을 늘였다가 줄이고, 줄였다가 늘리기를 반복했다. 그리고 미간을 잔뜩 찌푸리다 입꼬리를 실룩이곤 했다. 그런 남편을 여해는 부엌 식탁에 앉아 말없이 바라보았다.

이유도 없이 기분이 좋아지다 나빠지기를 반복하는 사람. 위로 형이 있지만 배가 달랐다. 남에게는 형이 있다고 자랑하듯 얘기하고는 돌아서서 씁쓸한 표정을 짓곤 했다. 남편은 형이 든든한 백그라운드라도 되어 주길 바랐던 걸까? 하지만 남편은 형과 어울리지 못했다. 남편의 형은 중학교 다닐 때부터 도시에 있는 학교로 유학을 가면서 자연스럽게 독립을 했다. 결혼을 하고 아이가 있었지만 시아버지의 기일에는 본인만 왔다.

시어머니에게 용돈을 드리고, 예를 올리고는 곧장 돌아서는 형에게 남편은 자고 가라는 말 한마디조차 하지 못했다. 웃으며 배웅하고, 형이 탄 차가 아파트를 빠져나가는 것까지 지켜 본 후에야 벽을 후려치면서 욕을 해 대는 것이었다. 그런 남편의 모습이 오히려 연민스러웠다. 감정의 기복으로 반복되는 거친 행동은 외로움의 표현이라 이해했다. 옆 단지 아파트에 시어머니가 살고 있었지만 남편의 행동에 대해서는 말 한 적은 없었다.

시어머니 또한 파르스름한 여해의 팔뚝이나 눈언저리를 볼 때도 있었지만 안쓰러운 듯 바라볼 뿐 말이 없었다. 남편을 불러내 수시로 타이른다는 걸 여해는 알고 있었다.

기타 줄이 용수철처럼 튀어 올랐다. 악보가 찢겨져 날렸다. 여해의 가슴이 내려앉았다. 쏴아 몸속의 피가 아래로 쏟아지는 소리가 들렸다. 얼굴이 하얗게 질려 꽉 쥔 주먹을 부들부들 떨었다. 미친 듯이 기타를 벽에 내리치는 남편의 모습이 영화의 한 장면처럼 지나가고, 터져 너덜거리는 기타를 들고 남편은 여자에게로 달려들었다. 아. 이건 꿈이야. 꿈일 거야. 깨야지. 정신을 차려야 돼. 수없이 마음으로 외쳤지만 외침은 입안에서만 맴돌았다.

쇳소리가 섞여 나오는 기타 소리에 잠에서 빠져나온 여자는 지난밤의 치욕을 생각하며 오소소 소름 돋은 팔뚝을 어루만졌다. 아팠다. 팔뚝으로 내려치는 기타를 막아내던 순간을 떠올렸다. 팔뚝에는 붉고·푸른 뱀이 휘감은 듯 뚜렷한 상흔이 남았다.

텔레비전 채널마다 태풍 '푸른 옷소매'의 진행을 알려주고 있었다. 정규방송 틈틈이 속보로 전해지는 태풍의 진로는 소읍의 통과를 예고하고 있었다. 하지만 아침은 고요했다. 가끔 결이 두텁고 물기 머금은 묵직한 바람이 불어오면서 태풍이 진행하고 있다는 것을 짐작할 뿐이었다.

여해는 조간신문을 들여와 펼쳤다. 지승욱은 며칠 전부터 남미로 출장을 가서 취재를 하고 있었다. 쿠바와 볼리비아를 돌며 '체 게바라의 흔적을 찾아서'라는 주제로 특보를 내고 있었다. 상품으로만 남아있는 세기의 전사. 자신의 의지대로 살다간 용감한 남자란 헤드라인으로 그의 흔적이 사진과 함께 보도되고 있었다.

"이 남잔 정말 잘생겼어. 턱수염이 예술이잖아. 턱수염 없는 체는 상상이 안 되거든."

여해는 체를 얘기할 때마다 그의 외모로 마무리했다.

"오호, 삶보다 얼굴이다 이거지? 알겠어, 알겠어, 흠, 나야? 아님, 체?" 사뭇 진지하게 묻는 그의 모습이 익살스런 중학생 같아 여해는 큰 소리로 웃곤 했다.

"난, 로자 누나가 더 좋더라. 로자 룩셈부르크를 찾아서, 뭐 이런 테마로 독일이나 폴란드로 여행을 가는 거야."

"여행은 쿠바부터 가야지. 가서 생생한 체의 삶을 만나고 싶어. 영원한 혁명의 전사, 잘생긴 한 남자의 지난했던 삶을 느끼고 싶거든. 뭐, 다 훌륭했던 건 아니지만, 평생을 자기 신념대로 산다는 건 아무나 하는 건 아니지 않겠어? 쿠바야 쿠바. 난 거기부터 가고 싶어. 재즈에 몸을 맘껏 맡기고 맥주도 실컷 마시자고."

승욱의 말에 여해의 대꾸는 늘 그랬다.

"흐흠, 내가 더 멋지다고 한다면 생각해 보지."

여해는 유치해 죽겠다며 승욱의 등에 가벼운 주먹을 날리곤
했다.

머릿속으로 빛줄기 하나가 팽팽히 스쳤다.

사막 어디쯤 묻혀있을 기억들이 모래를 털고 일어섰다. 설익
은 감을 넘긴 듯 목과 가슴이 답답했다. 쿨럭쿨럭 기침을 뱉어
내며 여해는 거실 한가운데 눕고 말았다. 팔과 다리를 쭉 뻗었
다. 이어지던 기침이 가슴에 경련을 일으켰다. 가슴을 움켜잡았
다. 비집고 나온 눈물이 귀 뒤로 흐르고 몸에 깔린 신문지가 숨
을 들이쉬거나 내 쉴 때마다 바스락거렸다.

'체 게바라의 흔적을 찾아서'라는 테마는 승욱의 자원 취재였
다. 라파스에서부터 코차밤바, 커다란 계곡, 바예 그란데의 굽이
치는 산자락과 쏟아지는 별들과 별처럼 피어난 고산의 풀꽃들
을 보며 남자는 쉼 없이 셔터를 눌렀다. 혁명에 실패하고 사살된
'체'의 시체를 공개했던 바예그란데 세뇨르데말타 병원 세탁실과
공항 활주로였던 쓸쓸한 '체'의 무덤을 취재하며 현실에 머무르
지 않고 이상을 추구했던 치열한 혁명가의 생애를 생생히 담으

려 했다. 볼리비아 마지막 날 승욱은 사막을 취재했다. '블루, 블루…, 살라르데 우유니'

여해는 승욱의 실루엣을 본다. 사진가득 투명한 푸른 배경에 수많은 빛들이 깔려 있고 그는 빛 속에 있다. 소금사막의 물에 비친 별들이 영롱하다. 그것이 현장 사진임이 여해는 믿어지지 않는다. 사진 해설에 그가 취재 기자임을 밝히고 있다. 승욱은 돌아올 수 없는 어느 먼 별에 머물러 있는 건 아닐까 생각한다.

소금 사막의 생성 과정과 우유니에서 생산되는 소금을 채취하며 살아가는 노동자의 싼 임금에 관한 기사를 읽으며 여해는 비로소 정신을 차렸다.

저녁이 되자 굉음과 함께 바람이 유리를 쳤다. 태풍 '푸른 옷소매'는 그렇게 시작됐다. 아이들이 놀이처럼 불던 리코더 소리도 바람 속으로 사라졌다. 어두워지자 바람은 사정없이 베란다 통유리를 때린다. 유리가 깨어질 듯 휘어지는 것이 보인다. 여해는 박스용 테이프를 찾아 창틀의 대각선으로 붙인다. 이미 물기가 돌아 잘 붙여지지 않는다. 이마에 땀이 맺힌다. 휘어지는 유리를 두 손으로 밀어 본다. 잠시의 소강상태를 틈타 마른 수건으로 닦아 낸 유리에 테이프를 팽팽하게 당기며 붙인다. 멍든 팔뚝이 욱신거렸다. 남편의 전화를 받은 것은 테이프를 붙이고 안도의 한숨을 돌릴 때였다.

"죽여 버리겠어. 알어? 기다려."

"여보세요? 여보세요!"

다시 말해주길 기다리며 몇 번인가를 다시 물었지만 더 이상의 말을 들을 수 없었다. 분노가 치솟았다. 왜 죽어야 하는지 묻고 싶었다. 당장이라도 달려가 멱살잡이라도 하고 싶었다. 비바람쯤은 아무것도 아니었다. 그렇게라도 하면 지금 죽어도 좋다는 생각이 들었다. 깍지 낀 두 손을 어쩌지 못하고 거실을 무한 맴돌았다. 하지만 남편이 지금이라도 문을 밀고 들어온다면 이라는 생각에 머물자 두려웠다. 당장 여기를 나가야겠다는 생각이 들었다.

지난밤 남편은 잠자리에서 끊임없이 여해를 불렀다. 하지만 아침이 될 때까지 여해는 식탁아래서 나오지 않았다. 반복되는 치욕의 순간을 그렇게라도 피하고 싶었다. 그것이 남편은 아내를 죽이고 싶을 만큼의 분노였을까? 깍지 낀 채 손톱을 물어뜯던 여해는 서둘러 문을 나섰다.

아파트 현관문 앞까지 떨어진 나뭇잎이 밀려와 있다. 이미 우산은 필요 없는 것 같아 접어들었다. 떨어진 나뭇잎들이 여해의 젖은 몸에 달라붙는다. 아파트 상가에도 이미 불이 꺼져 어둡다. 흔들거리던 입간판이 떨어져 구겨진 종잇장처럼 구르는 것을 보며 멈추었다. 어디로 가야 할까? 각오한 듯 시어머니의 아파트로 달린다. 바람이 몸을 관통할 것처럼 밀려온다. 미친바람을 타고 어디론가 사라지고 싶다는 생각을 한다. 아니 바람과 함께 공기처럼 녹아 영원히 차안을 떠돌아도 좋을 것 같다.

시어머니는 여해의 젖은 몸을 수건으로 먼저 감싸 안았다. 눈물과 빗물로 얼룩진 얼굴을 수건으로 훔쳐 주며 우짜노, 우짜겠노를 한숨처럼 내뱉었다. 놀란 가슴을 진정시키는 아이처럼 딸꾹질을 시작한 여해에게 시어머니는 따뜻한 물을 건넸다.

"누꼬?"

시어머니는 초인종 소리에 조심스럽게 묻는다.

"냅니더."

남편의 목소리가 바람에 묻히듯 들린다.

"와 왔노. 이리 바람 부는데 어이?"

문을 열어 달라는 남편의 말에 시어머니는 미동도 않는다.

"집에 가라. 가서 자고 내일 온나."

남편이 문을 두드리기 시작했다. 시어머니는 여자를 조용히 베란다로 내보냈다. 그리고 문 앞에 섰다. 아들을 볼 때마다 딱한 마음에 가슴을 쓸어내리곤 했다. 모두 자신의 잘못 같아서 안쓰럽고 미안했다. 걸핏하면 손을 올리던 남편이 두려워 어린 아들 하나 달랑 안고 나와 여기까지 흘러들어왔지만 만만한 세월이 아니었다. 어린 아들을 들쳐업고 여름이면 고추밭으로, 가을엔 단감 농장으로 다니며 막일을 하던 세월은 생각만 해도 절레절레 고개가 흔들리고 몸서리가 쳐졌다.

가을이면 감을 따고, 냉동 창고를 돌며 감 포장을 했다. 산더미처럼 쌓인 감들이 팍팍한 노동으로 굴어 들어가면 겨울나기를 걱정하며 마음도 함께 졸여갔던 시간들. 산비탈의 감밭들은 유난히 돌이 많았다. 천방지축으로 놀다 머리를 찧은 아들을 안고 정신없이 병원으로 뛰어갔을 때 가슴은 얼마나 뛰었는지.

국도에 앉아 겨울바람을 이기며 다섯 개들이 감 한 줄이라도 더 팔아보려고 달리는 자동차를 따라 이리저리 뛰어다녔던 일들이 섬광처럼 스쳤다.

재혼하면서 아들은 엄마를 멀리했다. 세 살 터울 형에게 더 살갑게 대하는 것을 물끄러미 바라만 보다가 돌아서곤 했던 아들. 엄마가 손을 내밀 때마다 더 움츠리고 냉정했던 아이. 가끔은 아들 손 꼭 잡고 잠들었던 밤이 그리워지기도 했다. 전처의 큰아들을 아들보다 더 끼고 돌며 살아도 맘 한구석에 한결같은 믿음과 든든함으로 있던 내 새끼. 아픈 손가락 내 새끼.

그놈이 지금 문 하나를 두고 바깥에 서 있다. 함께 살아온 그 주먹으로 아플 만큼 문을 두드리며 서 있다. 눈가에 결연한 눈물이 맺혔다. 잠금장치로 손을 뻗었다.

"할머니가 안 계신 것 같구만, 무슨 일이요? 앗따, 좀 조용히 삽시다."

잠금장치에 손이 막 닿을 때 앞집에서 문이 열렸다. 앞집 남자의 고함 소리가 바람을 헤집고 현관까지 들렸다. 후다닥 계단을 내려가는 소리에 시어머니는 망연자실해져 잠금장치에서 손을 떼지 못했다.

여해도 주저앉았다. 바람은 짐승처럼 유리를 할퀴다 비만 흩뿌린 채 돌아갔다. 짐승 울음같은 바람 소리가 귀를 틀어막았다. 고요하고 먹먹했다.

바람 한가운데 여해가 쪼그려 앉아 있었다. 바람은 여해를 가운데 두고 회오리처럼 돌아갔다. 회오리 속에 승욱이 찍었다는 볼리비아 고산의 풀꽃들이 함께 돌아갔다. 형형색색의 풀꽃들은 돌아가는 팽이처럼 색 띠를 만들었다. 색 띠는 여자를 휘감아 다시 바람 속으로 끌고 가려 했다. 여해가 망설이는 사이 색 띠를 놓쳤다. 꽃들이 용오름이 되어 솟아올랐다. 베란다 문이 열리며 바람이 한꺼번에 쏟아져 들어왔다. 놀라 일어섰다. 비에 흠뻑 젖은 머리카락이 달라붙은 얼굴이 번들거렸다. 남편이었다. 남편이 바깥에 있었다.

휘몰아치는 비바람 속에 충혈된 눈으로 여자를 노려보는 남편이 거기 있었다. 어떻게 올라왔을까? 오층까지 올라와 우뚝 서 있는 남편이 독하다는 생각을 했다. 불쌍한 사람. 세상의 귀퉁이에서 맴돌다 거친 몸짓으로 결국 돌아오는 사람. 몸 깊은 곳에 뿌리를 내릴 것처럼 거칠게 헤집고 파고들던 순간이 떠올라 여해는 소스라쳤다. 머릿속까지 바람이 휘몰아치는 것 같아 이건 꿈이라고 잠깐 생각했다.

얼음 조각처럼 굳은 여해를 향해 남편이 손을 뻗는다. 들이친 빗물에 젖은 옷소매를 잡는다. 아, 안 돼. 물에 흠뻑 젖은 남편의 손이 미끄러진다. 한쪽 손으로 난간을 잡고 버티던 손이 힘없이 미끄러진다. 손을 뻗어 남편을 잡았다. 잡아야 했다. 베란다 바깥까지 허리를 굽혔지만 여해의 손은 허공을 휘젓고 있었다.

여해는 '에어 캐나다' 이륙 안내를 받고 일어선다.

차가운 계절풍을 담은 하늘이 빙하가 녹아 만들었다는 깊고 푸른 호수 같다. 이륙하면서 흔들리던 동체가 자리를 잡자 자맥질하는 새처럼 창공을 가르기 시작한다. 동그란 창으로 보이는 작은 풍경들을 본다. 조각보를 펼쳐 놓은 것 같은 들과 산들이 눈 아래에 흩어졌다 사라진다. 겹눈으로 바라보는 풍경도 이럴까? 등에 투명한 날개가 돋아 나르는 자신을 생각한다. 승욱은 볼리비아를 떠나면서 여해 앞으로 캐나다를 경유, 아바나로 향하는 항공 티켓을 발송했다.

여해는 날개의 주인은 시어머니라고 생각한다.

남편의 장례는 조용하고 간소했다. 납골당으로 가는 길에 시어머니는 차를 집으로 잠시 돌렸다. 여해만 시어머니의 뒤를 따랐다.

아들의 유골함을 안고 자신의 집 거실에 조용히 앉았다. 보자기를 풀고 유골함을 쓰다듬는 모습을 여해가 지켜보았다. 지극

한 손길이었다. 아기를 재우는 것 같았다.

시어머니는 낮은 목소리로 무슨 말인가를 했지만 여해는 알 수 없었다. 기도 같기도, 인사말 같기도, 문을 열어주지 못한 미안함 같기도 했다.

여해가 떠날 수 있도록 시어머니는 그림자처럼 조용히 도왔다. 매일 여해를 찾아 다독였고, 떠나야 함을 설득했다. 다음 가을엔 식구를 불려 셋이 오라며 여해의 볼을 쓰다듬었다. 마른 나뭇잎 같은 손이 그녀의 세월을 말해주고 있었다. 떠나기 전 아들을 위해 준비했던 통장을 쥐여 주었다.

품을 다해 여해를 안아 주던 노인의 깊은 주름이 푸르고 맑은 호수 속으로 잠긴다. 흔들림은 이륙을 위한 준비였다는 생각을 한다.

나무의 되새김질-맺힘에서 풀림으로

─류미연 소설집『호두나무 마당』

김나정(소설가.문학평론가)

1. 시간의 소용돌이, 나이테

　나무는 살아온 만큼의 그늘을 거느린다. 제 발아래 깔린 그림자를 거울삼아 나무는 살아온 나날을 헤아린다. 연둣빛에서 녹음으로, 낙엽을 떨어내고 알몸뚱이로 견딘 시간을 헤아린다. 나무는 이 세월을 거듭하며 제 속에 상처 같은 나이테를 새긴다. 어떤 시절도 건너뛸 순 없었다. 비바람, 눈과 땡볕을 제자리에서 견뎌야만 단단한 눈물방울을 닮은 호두가 매달린다.

　　마당 한쪽에 고목이 된 감나무가 있었다. 언제부터 여기서 자랐던 걸까. 이파리마다 아침 햇살이 걸려있어 연초록 유리

공예 같다. 새것들은 모두 빛나는 걸까. 몇 번쯤 이것들을 다
시 볼 수 있을까. 나무 둥치를 쓸어 보았다. 거칠고 갈라진 목
피를 쓰다듬는 나의 손등이 나무와 다르지 않다. 뿌리 가까이
엔 초록빛 이끼들이 자리 잡고 있어 나무의 수령을 짐작하게
한다.

－「캡슐 No.311」에서

　류미연의 소설은 되돌아본다. 소설 속 인물들은 자신이 살아온
세월을 되짚고 상처가 만든 옹이구멍을 어루만진다. 「스치는 것
들」은 오래 전에 헤어진 어머니와 아들의 이별과 만남을, 「공주
미용실」은 어머니와 아버지의 지난한 관계를 바라보는 화자의 복
잡한 심경을 그리며, 「호두나무 마당」은 가파른 산자락 마을을 헤
매며 상처투성이 과거와 마주하는 남자를 담아낸다. 「배웅」은 자
신과 한 시절을 보낸 사람과 이별하며 둘이 쌓은 추억을 곱씹으
며 살아갈 힘을 얻는 과정을 따라간다. 「농담처럼」은 스스로 목숨
을 끊은 친구와의 기억을 통해 속엣말을 토해내며, 「달팽이」의 화
자도 노인 돌봄 보조원으로 일하면서 옛 친구 이영을 떠올리게 된
다. 「캡슐 No.311」은 요양 시설에 입소한 화자가 과거에 남편과
얽혀 상처를 안겨주었던 '은영'이란 이름의 여자를 맞닥뜨리며,
「푸른 옷소매」의 주인공은 떠나보낸 사랑의 기억과 함께 모진 시
절도 마주하게 된다.

작품집 속 인물들은 너나없이 과거에 붙들렸다. 그립고 아름다웠던 시절을 그렁그렁 떠올리며 향수에 젖는 것이 아니다. 지난 시절의 면면을 기록하는 풍속소설이나 옛날을 그리워하는 후일담 소설과도 거리가 멀다. 류미연의 소설은 과거를 현재 진행형으로 만든다. 작품 속에서 호출된 과거는 지금도 앓고 있는 통증의 근원으로 자리매김한다. 과거는 지나가 버린 것이 아니라, 여전히 남아 인물들은 흔들어대고 있다. 현재를 제대로 살아가기 위해서는 과거와 대면해야 한다.

　　여름이 시작되면 더 심해지는 갈증의 순간들을 도산은 이겨내고 있었다. 그것이 여행의 끝이라면 끝이었다. 목마름의 근원이 무엇인지, 목마름 너머에 있는 어떤 것들과 직면하려 애썼다. 그것은 각오에 가까웠고, 그래야 정착할 것 같았다.

「호두나무 마당」에서

나무를 잘라야만 나이테를 읽을 수 있다. 아픈 기억과 상처 자리를 더듬는 일은 지난하다. 그러나 그 과정을 다시 밟아야만, 동심원을 아우르는 나이테로, 살아온 세월을 감싸 안을 수 있다.

2. 회상과 여정

지난 세월을 되돌아보는 류미연의 소설은 회상과 현재가 갈마
드는 형식을 취한다. 과거와 현재는 '여정(旅程)'이란 꿰미로 엮이
거나 현재와 닮은 과거의 기억을 떠올리는 형식으로 구성된다.

「스치는 것들」은 두 겹 서사로 꾸려진다. 오래전에 헤어진 아들
을 찾아가는 어머니의 여로와 아버지를 찾아가는 아들의 여로가
철길처럼 번갈아 서술된다. 가정 폭력의 피해자였던 두 사람은 본
의 아니게 헤어져 살아야만 했고 서로를 그리워했다. 아픈 세월을
짊어지면서 어머니는 무당이 되었고 아들은 사제가 되었다.

이 작품은 두 사람이 겪어내야만 했던 시절을 각자의 입장에서
그려낸다. 열한 살 아들을 떼어놓고 살아야 했던 어머니의 세월,
의지할 부모 없이 몸부림치듯 살아야 했던 아들의 세월이 두 줄기
눈물처럼 흘러내린다. 아들은 묻어두었던 아버지의 기억을 끄집
어낸다. 아버지는 자신의 실패로 인한 열패감을 가족에게 분풀이
했다. 다시 만난 아버지는, 아들을 보고 놀라 우물에 빠져 숨지고,
소설의 말미에서 어머니와 아들은 만나게 된다. 아픔의 원인 제공
자였던 아버지가 사라진다한들 지난 시절이 만든 상처가 완전히
사라지는 것은 아니다. 중요한 것은 다시 만나려면 지나온 세월을
다시 살아봐야 한다는 것이다. 작품의 제목인 '스치는 것들'은 이
들이 만나기 위해 거쳤던 지난한 시간들을 의미한다. 붙든 것을

놓아주어야만 그 세월이 스쳐 지나갈 수 있다.

　　괜찮았다. 있는 곳만 알아도 위안이었다. 언제든 연이 닿으
면 만날 것이리라. 기도는 간절했고, 아들을 위한 촛불을 단
한 번도 꺼뜨리지 않았다.
　　몇 번의 찔레가 피고 졌는지 모르겠다. 오늘은 아들을 만나
기 위해 이곳에 있다. 이 순간이 영원처럼 길다. 영원히 끝나
지 않을 것 같은 것들도 지나간 시간 속에 있으면 그저 스쳐
지나가는 것이었던 것처럼 지금도 그러하겠지. 많은 것들이
그랬던 것처럼. 비로소 담담해졌다.

「스치는 것들」에서

　「호두나무 마당」에서 '도산'은 냄새나는 집을 해결해달라는 민
원을 받고 비탈이 심한 동네를 헤맨다. "한국전쟁 당시 산 위까지
집들이 들어차며 8부 능선쯤" 뚫린 가파른 산복도로를 오른다. 그
여로에서 도산은 그늘진 가족사를 되짚는다. 할머니와 아버지, 그
리고 도산까지 3대에 걸친 가족사는 산자락 마을이란 공간적 배
경을 통해 한국 현대사의 질곡과 맞물린다. 한국전쟁 당시 부산
으로 밀려온 피난민들이 산자락에 세운 마을, 7·80년대 주거지의
부족으로 다닥다닥 붙어 세운 집들은 이제 도시 개발로 철거를 앞
뒀다. 떠밀리고 떠밀리며 어떻게든 뿌리 뻗을 데를 찾으려던 부모

세대가 겪은 세월이 동네 구석구석에 녹아 있다. 도산이 이 동네의 골목을 헤매 다니며 자신의 가족사를 회상하는 과정은, 이전 세대가 감당해야 했던 삶의 지난함을 몸소 체험하는 일에 다름 아니다. 길을 찾는 자는 헤매게 마련이다. 헤맴의 과정에서 도산은 자신의 불우했던 어린 시절과 대면한다. 자신의 아픈 어린 시절로 돌아간다. 하지만 이 소설은 아픔을 되새김질하는 데서 머무르지 않는다. 도산이 찾던 367-5번지는 367-4번지 뒤에 우람한 나무의 초록 그늘 속에 숨어 있었다. 과거로 돌아가면 그 시절 자신을 버티게 해주었던, 살게 해주었던 것과도 다시 마주보게 된다. "그 길들이 우연의 기쁨을 선물"하는 것이다. 그 자리에서 여전하게 그를 기다리고 있는 홍남 할머니와 호두나무가 돋아난다.

도산은 돌계단에 앉아 책을 읽는다. 머리 위로 열매 하나가 툭 떨어진다. 밤송이 같은 머리를 손바닥으로 쓸며 위를 본다. 잎들이 겹쳐져 만든 농도 다른 초록의 그늘들이 도산의 마음에 고인다. 가슴을 쓰다듬는다. 뜨겁다. 뜨거운데도 이파리들 사이로 쏟아지는 햇살이 눈부시다. 뒷집 나무 대문이 열린다. 홍남 할머니가 나온다. 이거 머거, 에미나이가 지 새끼 기달리는 것도 모르고 어디 간 기야? 손바닥 가득 호두를 담아 내민다. 호두를 싫어하는 도산이 한 개만 집는다. 머거, 아무거나 잘 먹고 뱉어 낼 때 좋은 걸 뱉어야 하는 기야. 그래, 호두나무

였어. 입술을 달싹거린다. 바싹 말라 있다. 목마르다. 집 뒤의
초록 무성했던 그 나무가 호두나무란 걸 깨닫는다.

「호두나무 마당」에서

과거를 되짚다 보면, 그때는 미처 몰랐던 것을 발견하게 된다.
뒤돌아보면 그동안 보이지 않던 풍경이 펼쳐진다. 시간이 '거리'
를 확보해 준 덕에 그 시절을 이해할 실마리를 발견할 수 있는 것
이다.

「배웅」은 살가운 사이였던 곽연숙을 배웅하며 둘 사이의 시간
을 풀어내는 이야기다. 연숙은 남편의 바람기로 고통 받던 나날을
견디게 해주었다. 아이를 갖지 못하는 연숙의 허전함을 채워준 건
'나'였다. 그렇게 서로 의지가 된 사이였는데 떠나보내야 한다. 기
술을 배워 살 길을 찾아 나서는 연숙을 붙들 순 없다. 쉽게 떨어지
지 않는 발걸음을 발밤발밤 내딛을 때마다 서로를 위로해주었던
기억들이 밟힌다. 영리하다고 네가 하는 일은 옳다고 응원해주던
친구가 사라지면 어떻게 살아갈까. 연숙이 부르던 노랫소리가 사
라진 자리에 침묵 대신 소리가 깃든다.

이렇게 많은 소리가 났나 싶다. 연숙과 함께 걸을 땐 들리
지 않았던 것들이 사방에서 들려온다. 풀숲에서 부스럭거리는

소리가 아무래도 나를 따라오는 것 같다. 까치가 지나가며 울어댔고, 밤을 준비하는 뱁새들의 지저귐이 바쁘다. 어딘가에서 비새가 울어 며칠 내에 비가 오겠단 생각을 했고, 겨울 가뭄에 반가운 손님이겠다 싶다. 비비비비, 입술을 오므려 비새 소리 시늉을 낸다. 왠지 서럽다. 뭐가 서러운지도 모르게 서럽다. 반가운 손님 같았던 비새의 지저귐도 서럽다. 겨울비 내리는 들도, 처마 끝에서 떨어지는 낙숫물도, 처마를 따라 나란히 생기는 동그란 흔적들, 같은 생각만 하는 나처럼 같은 자리에 쉼 없이 떨어지던 물방울들도. 틈틈이 발자국 소리가 들려 뒤돌아본다. 연숙이 돌아오는 건 아닐까 싶어 걸음을 멈추면 바람만 무수히 불어 치맛자락을 날린다. 바람 속에서 넌 참 단단해, 하던 연숙의 소리가 들리는 것 같아 어깨를 편다. 바쁘지도 느리지도 않은 걸음을 다시 옮긴다.

「배웅」에서

친구는 사라졌지만, 그 친구가 했던 말과 함께 나눈 추억은 여전히 남아 있다. 거기에 기대어 화자는 다시 살아갈 기운을 얻는다. 굴광성인 나무는 빛으로 뻗어 나간다. 어두운 과거에서도 한 줌 빛을 놓치는 법이 없다. 그 온기의 기억이 있기에 나무는 컴컴한 땅속에 뿌리를 내리고 막막한 허공으로 손을 뻗는다. 길은 기꺼이, 이어진다.

3. 세심한 관찰, 생생한 묘사

그 자리에 뿌리박은 나무는 병풍처럼 둘러친 풍경과 매일 마주한다. 마냥 익숙한 것들과 마주해야 하는 나날은 단조로울는지 모른다. 언뜻 봐서는 그렇지만 자세히 애정을 기울여 바라보면 미세한 변화들이 잡히고 작은 것들이 존재감을 드러낸다. 이 소설집에 실린 작품들 속에는 이런 세밀화로 그려진 풍경들이 갈피갈피 끼워져 있다. 작가의 세심한 관찰력과 핍진한 묘사력은 일상의 풍경을 생생하게 되살려낸다. 왕조의 보물을 발굴하듯, 과거의 기억들을 끄집어내서 발군의 묘파 실력으로 살아나게 만든다. 이런 특성은 소설 속 인물이 그림을 그리는 장면에서 더욱 빛을 발한다.

미니 슈퍼 김 노인이 키우던 노란 백일홍이 어둠 속에서도 환했다. 나는 화분을 밀어 놓고 벽에 낙서를 했다. 이번에는 백일홍을 닮은 꽃이었다. 내가 꺼낸 색이 어둠 속에도 빨간색임을 알 수 있었다.

해바라기, 튤립, 벚꽃, 강아지풀, 내가 그린 풀꽃들이 순서대로 있었다. 백일홍을 닮은 꽃은 제법 시간이 걸렸다. 최대한 짙게 칠했다. 크레파스는 비가와도 지워지지 않아서 좋았다. 이번 겨울엔 나의 꽃들이 피겠지. 크레파스 토막들을 모두 꺼내 백일홍 화분에 넣었다.

나에겐 전문 수채화용 스케치북 한 권과 연필만 있었다. 그
것으로 하루를 맞고 보냈다. 좁고 어두웠던 방에서 연필을 깎
거나 그림을 그렸다. 생각나는 것들을 두서없이 그렸던 세밀
화였으나 결국엔 연필로 덧칠해 덮어 버렸고 그래서 나중엔
처음부터 모래 언덕을 그렸던 것처럼 사막이 거기 있었다. 사
막 속에는 제비꽃과 얼레지, 도라지꽃 같은 작은 꽃들과 해바
라기나 칸나, 접시꽃, 과꽃들이 주검처럼 묻혀 있었다.

「농담처럼」에서

어떻게 그려냈는지도 중요하지만 무엇을 각별히 그려냈는지도
살펴야 한다. 수많은 것 중 무엇을 선택해 묘사했는지를 살피면
무엇에 가치와 의미를 부여했는지를 알 수 있다. 정성껏 봐주고
그린 대상은 '꽃'이다. 꽃은 작고, 낮은 데 앉아 있어 애정을 기울
여야만 그 존재가 드러난다. 묘사는 자신이 본 것을 음미하고 명
명하고 기록하여 그 존재의 가치와 의미를 드러내는 작업이다. 묘
사는 세상뿐 아니라 관찰하는 사람의 내면까지 전달한다. 나무의
눈길이 부드럽게 꽃을 어루만지는 것 같다. 그 아름답지만 덧없는
존재들을 알아보고 가만히 바라봐주며 종이에 옮기는 마음은, 겨
울과 사막을 견디게 해주는 빛이 된다. 지워지지 않는 크레파스로

그 꽃이 존재했음을 기록하고, 주검처럼 묻힌 꽃들에게 빛을 주려는 마음은, 과거를 바라보는 화자의 시선과 맞물린다. 과거는 어슴푸레하고 희미하고 지나가 버린 것이다. 거기 있음을 알아채고 바라봐 주는 시선을 통해, 이미 흘러간 과거는 새삼스러워진다. 의미를 부여함으로써 과거는 그저 지나간 시간이 아니라 '나'를 만든 구성요소로 각별해진다.

기억 속의 하루하루들은 한 겹씩 접혀 있다가 어느 날 추억이라는 회로를 지나게 되면, 어쩐지 조금씩 윤색되어 회상되는 것 같다. 마치 오래된 칼라사진이 어느 날 보면 색이 살짝 변하여 화창했던 봄날도 스산한 가을 저녁처럼 느껴지듯. 그러면 화창함 때문에 보이지 않았던 표정이 더 섬세해지며 입가의 미소와 서늘한 눈매는 더 드러나듯이. 그렇게 회상의 장면들은 뇌리가 알아서 하는 편집을 거쳐 추억되나보다.

「농담처럼」에서

평범하고 빤한 매일의 삶을 살아내는 게 나무의 '내공'이다. 나무는 한자리에 가만히 서 있기에, 데면데면하게 지나치지 않고 오래 봐줄 수 있다. 그 시선의 끝에서 의미가 피어난다. 머물고 있는 자리에 대한 애정은 풍성한 지역성에서도 발견할 수 있다.

「호두나무 마당」에는 '부산'의 산복도로나 온천, 산자락 마을에서 내려다본 풍경들이 핍진하게 담겨, 뿌리를 박은 지역에 대한 애정을 드러낸다. "어둠 속에서 불 밝힌 그의 창은 노란 색종이 같았고, 내 유년의 저녁을 떠올리게 했다. 유난히 골목이 좁고 복잡했던 동네는 비탈이 심해 집집마다 바다를 볼 수 있었다. 부산이라는 도시에서 도심과도 멀지 않은 섬이었다. 재개발 바람도 피해간 그곳은 게딱지 같은 지붕들이 언덕을 따라 처마를 맞대고 있었다." 부산의 풍경이 손에 잡힐 듯 다가온다.

구체적인 지명이나 풍경뿐만 아니라 말맛이 살아 있는 방언도 지역성을 또렷하게 살려낸다. 흔히 표준어라 불리는 서울 방언으로는 전달될 수 없는 특유의 정감이나 분위기를 담아낸다. 「푸른 옷소매」에서 주인공 '여해'는 남편의 발길질로 뱃속의 아이를 잃었다. 같은 아픔을 겪었던 시어머니는 여해를 감싸고 집 앞으로 찾아온 아들을 돌려보낸다. 그 단호한 말씨는 이 상황에 숨은 복잡한 심경을 간결하게 드러낸다.

　"누꼬?"
　시어머니는 초인종 소리에 조심스럽게 묻는다.
　"냅니더."
　남편의 목소리가 바람에 묻히듯 들린다.
　"와 왔노. 이리 바람 부는데 어이?"
　문을 열어 달라는 남편의 말에 시어머니는 미동도 않는다.

"집에 가라. 가서 자고 내일 온나."

『푸른 옷소매』에서

아름드리 거목이라도 잔뿌리에서 끌어올린 물과 양분으로 삶을 꾸린다. 고통이란 명제는 디테일을 살려낸 말로서 실감나는 아픔으로 다가온다. 흐릿한 안개 속에 묻혔던 과거는, 묘사를 통해 우리 앞에 생생히 모습을 드러낸다. 제 자리에 멈춰서 가만히 바라보는 나무만이 볼 수 있는 풍경이 펼쳐진다.

4. 고통과 눈물로 나란한 나무들

과거의 상처를 더듬으면 아리다. 그것이 여전하다는 걸 확인하게 된다. 아직도 아프고 여전히 쓰라리다. 과거를 거슬러 올라가면 그 고통을 다시 치러야만 한다. 그 기억에 들러붙은 감정을 죄다 앓아야 한다. 곤혹스럽고 지난하다.

시간이 흐른 뒤에는 감정만 남는다. 죽을 것 같은 분노도, 절대 잊히지 않을 것 같은 슬픔도 시간이 지나면 잊혀졌다. 잊혀진 자리엔 단순히 흔적만 딱지처럼 남았다. 시간의 틈바구니에서 그것조차 걸러져 나가면 떨어진 딱지 대신 희미한 느낌만 남아 가끔 속을 앓았다.

　기억은 정신이 아니라 마음으로부터 오는 것일까. 마른 가
슴이 고동치다 고요해졌다. 소실점 너머 있던 기억이 이렇게
선명해지다니. 내게 있어 그것은 통점 같은 것이었나 보다. 어
제처럼 기억 선명한 일이었지만 꼽아보면 육십여 년이란 시간
이 더께처럼 얹혀 있었다.

「캡슐 No.311」에서

　이 고통스러운 기억의 의식을 치러내야만 하는 이유는 무엇일
까? 더는 고통 받고 싶지 않기 때문이다. 아프더라도 고통의 근원
을 응시해야만 반복하지 않을 수 있다. 때늦은 깨달음은 '더는' 안
된다는 깨달음을 낳는다. 아픈 응시를 마다하지 않아야만 고통의
민낯을 볼 수 있다.

　원망과 분노, 울음이 잦아든 자리에 침묵과 인식이 싹튼다. 시
간이 자연스레 건네는 선물을 받아든 순간, 고통이 마냥 고통만은
아니었다는 것을 알게 된다. 시간과 고통의 의미를 발견하는 것은
삶을 옹호하는 일에 다름 아니다.

　시간은 거리를 확보하여 과거를 보는 새로운 시각을 선사한다.
예전에 미처 보지 못했던 것들이 눈에 들어온다.「공주 미용실」에

서 화자는 부모의 이혼만이 해법이라고 여기며 살았다. 그러니 어머니가 남남이 된 아버지에게 돌아가는 것이 납득될 리 없다. 가정 폭력에서 달아났던 상미가 다시 남편의 뒤를 따라간 것도 이해할 수가 없다. 다시 돌아온 상미가 안고 온 아기가 해답이 되어 줄까. 남자와 여자의 관계 함수는 오리무중이다.

"똑똑한 딸 덕에 독수공방 십 년 넘게 했으면 됐지. 네 아빠가 불뚝 성질은 있어도 나쁜 사람은 아니다. 뒤끝 없고, 확실한 사람이야. 요즘 피곤하다고 해서 줬어. 줬어. 왜?"
눈물이 쏟아질 것 같았지만 참으며 말했다.
"불행하다며, 아빠 때문에 못살겠다며, 정말 지겹다며!"
"그땐 그때고!"
엄마가 빗자루를 집어 던졌다.

「공주 미용실」에서

피해자와 가해자로 나누는 것 외에 다른 셈법이 작용하는 것일까. 명확한 경계 짓기는 불가능한 것일까. 혹여, 끝내 끊어내질 못하는 모든 것들이 다름 아닌 삶인 걸까란 질문을 던진다.

과거가 달리 해석되면 현재의 관계를 풀어갈 실마리가 보인다. 「호두나무 마당」에서 도산은 과거에서 현재까지 기다림을 지속하는 홍남 할머니를 만난 뒤, "김유선이 여행에서 돌아오면 이 집의 쓰임에 대해 얘기해 봐야지. 막연한 기대가 현실이 되길 바라는 맘. 그것도 기다림이겠지."라는 깨달음을 얻는다.

「달팽이」나 「농담처럼」에서 화자는 옛 친구들의 기억은 거울이 되어 자신의 현재를 돌아보는 계기로 작용한다. 안타까운 삶을 살아온 친구들의 모습을 되짚으며 한 시절을 애도하고 떠나보내는 형식으로 갈무리된다. 과거에 천착하는 것은 맺힌 것을 풀어내려는 의지와 연관된다. 마음에 맺힌 숙원(宿怨)을 해원(解寃)해야만 살아나갈 수 있다. 대나무 마디처럼 한 시절을 매듭지어야만 다음 시절이 뻗어 올라간다.

류미연의 작품은 맺힌 것은 풀어내는 과정을 담아낸다. 하지만 그 해결이 성급한 화해나 용서로 귀결되지 않는다. 소설은 갈무리되지 않는 '틈새'를 내비치며 마무리된다.

> 노인들이 의자에 앉아 해바라기를 하고 있다. 그들의 엉성한 머리칼 속에 위태로운 봄 햇살이 고여 있었다.
>
> *「캡슐 No.311」에서*

> 노란색 승합차가 골목으로 들어선다. 엄마가 나를 보고 있었다면 이렇게 말했을 것이다.
>
> 어쩜 그렇게 금방 표정이 바뀔 수 있냐? 가증스럽게.

「공주 미용실」에서

전화가 울렸다.

"나, 김 선장이요."

도산이 이마를 짚었다. 털썩, 의자 등받이에 몸을 던졌다.

「호두나무 마당」에서

해결이나 화해로 봉합되지 않는 결말은, 삶의 진면목을 보여준다. 땡볕 아래 목마름도 다시 찾아올 것이다. 나무를 뒤흔드는 바람이 사라질 일은 없다. 하지만 자신의 상처로 나이테를 만들어낸 나무는 옹골차고 단단하다. 흔들리지만 쓰러지지 않는다. 류미연의 소설은 과거와 고통의 의미를 전해준다. 뿌리가 자라는 밤과 잎이 무성해지는 낮이 나무의 온 세월이라고 말한다. 고통은 공명한다. 자신의 고통을 기억하는 사람은, 타인의 고통을 볼 줄 안다. 「푸른 옷소매」에서 아이를 잃은 여해의 손을 잡아준 것은, 같은 고통을 치러낸 시어머니였다. 살아간다는 것은 고통과 함께 하는 일이며 상처를 감당하는 일에 다름 아니다. 하지만 상처와 고통은 인간과 인간을 연결해주는 고리가 되어 준다. 바람에 흔들리고 비에 젖은 나무 곁에는 다른 나무가 서 있다. 그 나무들이 모이면, 함께 울어주는 숲이 된다. 류미연의 소설은 목마름을 적시는 눈물과 고통으로 우뚝 선 나무들이 모인 숲으로 당신을 맞아들인다.

작가의 말

발간을 한다는 건 어마어마한 일이다. 부끄럽고 조심스럽다. 어느 해 봄 뭔가 새로운 시도가 필요함을 느꼈고, 그렇게 시작한 글쓰기는 글쓰기 전의 모든 시간에게 보내는 위로와 격려 차원이었다. 하지만 이 또한 노동에 다름없다는 것을 아는 데엔 긴 시간이 필요치 않았다. 스무 살 이후 노동하지 않는 시간이 거의 없었던 내게 또 하나의 노동이 덧붙는 꼴이었다. 그러나 그럼에도 불구하고 분명한 것은 그것은 확실히 새로운 가치였고, 경험이었다.

'발간'이란 기쁨에 '책임'이란 무게가 얹혀 질 때, 책은 비로소 살아 꿈틀거리리라. 그 책임이란 것. 쓰는 사람의 책임에 대해 더 고민하겠다. 언젠가 읽고 쓰는 직업만이 남았을 때 부끄럽지 않도록, 그렇게 되도록 생각의 우물을 짓겠다.

글 속에 등장하는 모든 여자들은 서로가 서로에게 동지임을 밝힌다.

호두나무 마당

2023년 12월 20일 1판 1쇄 찍음
2023년 12월 31일 1판 1쇄 펴냄

지은이   류미연
펴낸이·편집장   윤한룡
디자인   윤려하
관리·영업   이소연
홍보   고 우

펴낸곳   (주)실천문학
등록   10-1221호(1995.10.26)
주소   남양주시 퇴계원읍 퇴계원로 52 405호
전화   02-322-2161~3
팩스   02-322-2166
홈페이지   www.silcheon.com

ⓒ 류미연, 2023

이 책은 울산광역시, 울산문화관광재단 '2023년 예술창작활동 지원사업'의
지원을 받아 발간되었습니다.

ISBN 978-89-392-3146-7 03810